paráclito

빠라끌리또 5

가프 장편 소설

초판 1쇄 찍은 날 § 2016년 3월 3일
초판 1쇄 펴낸 날 § 2016년 3월 10일

지은이 § 가프
펴낸이 § 서경석

편집책임 § 한준만

펴낸곳 § 도서출판 청어람
등록번호 § 제387-1999-000006호
등록일자 § 1999. 5. 31
어람번호 § 제1-2370호

주소 § 경기도 부천시 원미구 부일로 483번길 40 서경B/D 3F (우) 14640
전화 § 032-656-4452 팩스 § 032-656-4453
http://www.chungeoram.com
E-mail § chungeorambook@daum.net

ISBN 979-11-04-90677-0 04810
ISBN 979-11-04-90549-0 (세트)

paráclito

빠라끌리또

⟨5⟩ 가프 장편 소설

도서출판
청어람

paráclito

빠라끌리또

CONTENTS

1장
환신(換身) 낫꺼도

표표. 이름 하나가 승우의 가슴을 쓸고 갔다.

그 여린 여자. 그 당찬 여자……

그러고 보니 까맣게 잊고 있었던 이름이었다.

나수미가 보고서를 뽑아왔다. 피시방을 이용한 건지, 아니면 가까운 지구대를 이용했는지는 묻지 않았다.

"땡큐!"

고마움을 전하고 서류를 넘겼다.

1. 유경찬 미얀마 행적 보고서.

2. 미얀마 관련 뉴스 모음.

보고서의 내용은 대략 두 갈래였다.

유경찬의 미얀마 행선지는 세 군데였다.

양곤, 만달레이, 그리고 바간!

양곤은 설명이 필요 없다. 만달레이 역시 비슷하다. 현재 미얀마의 수도이기 때문. 한 나라에 가서 새 사업을 하려는 사람, 그렇다면 당연히 구 수도와 현 수도를 돌아보는 게 수순이었다.

마지막으로 바간……

바간은 유명한 관광지 중 하나다. 넓은 평원에 고대의 파고다들이 널린 지역. 위치상으로 만달레이와 양곤의 중간이니 사업 구상 중에 들를 수도 있는 곳이었다.

보고서는 한인회의 도움으로 작성되었다. 유경찬에게 가이드를 붙여준 게 한인회였던 모양이었다.

그런데 주석 하나가 마음에 걸렸다.

─바간에서 중도에 가이드를 보내고 이후 단독 여행을 함.

바간에서 가이드를 떼어버렸다는 의미다.

또 다른 참고가 눈에 들어왔다.

─영어, 미얀마어 생존 회화 수준……

생존 회화.

그렇다면 하우 머치라든가, 웨어리즈 토일렛 수준이다. 여행자가 완벽한 정보를 가지고 있고 여행지의 인프라가 좋다면 크게 문제될 게 없다. 소소한 문제들은 스마트폰 검색으로도 해결 가능하기 때문이었다.

하지만 마지막 당구 표시 하나가 의문에 불을 붙였다.

―바간 전 지역 인터넷 및 와이파이 상태 좋지 않음.

고개가 갸웃거려졌지만 일단 다음으로 넘겼다.

이어지는 건 한인회 간부와 유경찬 가이드의 말을 종합한 것이었다. 둘은 유경찬의 시장 분석을 인정했다. 속은 몰라도 겉은 미얀마 시장 분석에 진력했다는 증언이었다.

그러다 그 태도가 변했다.

그 역시 바간 지역이었다.

―벽화가 그려진 작은 파고다에 갔다 온 후로 심한 몸살을 앓음. 그 후로 태도가 변하고 가이드를 중도에 돌려보냄.

사업가로서의 유경찬에 대한 보고는 그렇게 끝을 맺고 있었다.

벽화가 그려진 작은 파고다, 심한 몸살. 그게 이유가 될까?

오랜 타국 생활로 피로해졌을 수도 있었다. 나아가 가이드가 귀찮아졌을 수도… 또 더 나아가 가이드 몰래 밤 문화라도 즐기고 싶었을지도?

궁금증이 발동한 승우는 아래에 적힌 한인회 총무에게 전화를 걸었다. 몇 가지를 확인하고 가이드 번호를 받았다. 가이드는 한국인이 아니었다. 그리고 여자였다.

―아, 유 회장님요?

발음은 좀 그랬지만 나름 유창한 한국말이 들려왔다.

"예. 한국 검찰청인데요, 예, 폴리스가 아니고 프로세큐션… 아, 예 그냥 폴리스라고 이해해도 됩니다."

가이드는 검찰을 잘 몰랐다. 그게 중요한 건 아니므로 대충 넘어갔다.

―네. 바간 들어가기 전까지는 별문제 없었어요. 그런데 전 총무님께 말씀드린 대로 바간에서 파고다 관광을 하면서 좀……

가이드의 진술은 보고서와 일치했다.

"어떤 계기가 있었나요? 여기 보면 작은 파고다를 관람한 후에 사람이 좀 변했다고 적혔는데……."

―그건 뭐라고 말씀드리기 어렵네요. 아무튼 그때 몸살을 앓고 난 후에 저를 짤랐어요.

가이드는 '짤'을 힘주어 말했다. 원래도 발음이 빡센 미얀마 여자, 감정까지 실리니 소리가 따가울 지경이었다.

"이유는 모른다?"

―네. 분명 저를 채용할 때 전 일정을 다 맡기는 걸로 말했거든요. 물론 돈은 미리 받았기 때문에 상관없지만 총무님이

잘 부탁하셨는데 그렇게 끝내고 가라고 하니…….

"특별한 계기는 없었다?"

―네. 뭐… 있다고 하면 거기 파고다를 지키는 사람이 사장님이 한국 사람이라고 하니까 몇 군데 구경을 시켜준 것밖에는…….

"파고다 지키는 사람이라고요?"

―바간에는 그런 파고다가 있어요. 기념품 팔면서 파고다 청소도 맡은…….

"알겠습니다. 고맙습니다."

승우는 전화를 끊었다. 특별한 소득은 없었다.

승우의 손이 2번 서류로 넘어갔다. 그중에서 가장 궁금한 게 표표 소식이었다.

'표표가 뉴스에라도 나왔다는 건가?'

뽀빠산으로 돌아간 표표.

그러나 미얀마 내에서는 별 표시도 나지 않을 표표. 혹시 뮤뮤와 민민의 유해를 가져간 게 문제가 되었나 걱정이 앞서는 마음으로 종이를 넘겼다.

'표표…….'

문장 사이에서 단어를 찾던 승우의 눈이 급정거를 했다. 맨 아래쪽에 쓰인 제목 다음에 표표의 이름이 박혀 있었다.

―뽀빠산의 상징, 낫꺼도 아신 마웅의 파고다 붕괴!

아신 마웅…….

민민의 할아버지였다.

―아신 마웅의 파고다, 의문의 붕괴로 관리자 표표 중태!

표표가 중태라고?

'맙소사!'

승우의 입에서 한숨이 밀려나왔다.

                    *   *   *

마음만 급했다.

적어도 미얀마 소식을 알아보는 건 그랬다.

한국의 어느 도시에 사는 누굴 알아보는 것과는 차원이 달랐다. 더구나 한국의 검사라 해도 미얀마에서는 그 나라 말단 공무원만도 못한 위력이었다. 모든 것은 결국, 한인회의 도움을 받는 수밖에 없었다.

그래도 한국인은 위대하다.

바간에도 한국인이 있었다. 뽀빠산에도 한국인 관광객을 상대로 하는 한국인 가이드가 있었다.

'표표, 목숨에는 지장이 없음.'

'그러나 아신 마웅의 파고다는 사택과 함께 심각한 붕괴 상태.'

승우는 두 가지 정보를 얻었다.

덤으로 온 게 사진이었다. 스마트폰 덕분이었다.

병원에 누운 표표는 참담했다. 환자도 참담하고 병원도 참담했다. 미얀마, 특히 지방의 병원은 60년대의 한국을 연상케 하고 있었다.

무너진 파고다 역시 참담하기는 그에 못지않았다. 멋대로 흩어진 탑 조각들은 그날의 심각성을 보여주고 있었다. 문제는 또 있었다.

당장 표표의 치료비가 필요했다. 미얀마로 갈 때 승우가 챙겨준 위로금……. 그 돈은 파고다 단장과 뮤뮤, 민민의 묘비 비용으로 쓴 모양이었다. 강직하고 충직스러운 그녀의 성격으로 보아 그러고도 남을 일이었다. 그 문제는 한인회 총무를 통해 해결했다.

서울에 사는 총무의 친척 계좌로 돈을 보내면 총무가 다시 현지 가이드에게 전해 병원비를 충당키로 했다. 썩 만족스러운 방법은 아니었지만 그래도 길이 있다는 게 다행이었다.

하지만 최악의 문제는 민민이었다. 숨기고 싶었지만 민민은 승우의 일부, 제아무리 조심을 해도 귀에 들어갈 수밖에 없었다.

"표표……."

민민의 빛이 파르르 떨었다. 울고 있는 것이다.

"괜찮을 거야……"

승우는 민민을 위로했다.

"아저씨……"

민민이 승우의 품을 파고들었다. 죽어서도 형벌을 받고 있는 이 가엾은 어린 영혼……. 이 순간, 승우는 신이 미웠다. 죄가 있다면야 모를까 민민은 아버지를 그리워하고 그 아버지의 나라를 찾아온 죄밖에 없었다.

승우는 가이드가 딸려 보낸 사진 출력물을 덮었다. 민민의 마음을 달래는 게 급선무였기 때문이었다. 하지만 민민, 그 사진에 눈길이 닿고 말았다.

"잠깐만요, 아저씨!"

"응?"

사진을 추리던 승우가 동작을 멈췄다.

"그 파고다 사진요… 저 좀 보여주세요."

"이거?"

승우가 사진을 내밀었다. 사진은 바간의 작은 파고다 내부였다. 그 안에 그려진 벽화를 찍은 것이었다. 유경찬이 들렀다는 곳, 그 후부터 변심을 했다는 곳. 미얀마의 파고다에 대해 아는 게 별로 없지만 혹시나 도움이 될까 싶어 부탁했던 승우였다.

"다른 사진도요, 전부 펼쳐 주세요."

민민이 갑자기 목소리를 높였다.

"왜? 왜 그러는데?"

사진을 늘어놓으며 승우가 물었다.

"맙소사……! 그 벽화, 피에스이디 낫을 숭배하는 그림이에요."

'응?'

"피에스이디 낫요, 파괴의 낫꺼도……."

"이게 파괴의 낫꺼도 그림이라고?"

"틀림없어요. 할아버지가 알려준 적이 있거든요. 미얀마 어딘가에 피에스이디 낫을 숭배하는 사람들이 있을 거라고. 그런 낫꺼도를 조심하라고요."

"……?"

"그림 순서를 바꿔보세요. 맨 뒤의 것을 가운데로 옮기고, 두 번째 것은 맨 뒤… 그리고 네 번째 것을 앞으로 옮겨보세요."

승우는 민민의 말에 따랐다. 그러자 벽화의 내용이 이어졌다. 내용을 알고 찍은 게 아니라 명쾌하지는 않지만 그림 내용을 이어 보니 악령에게 혼을 바치는 과정이었다.

"그 사람이 이 파고다에 들어갔었다고 했죠?"

"그래……."

민민의 목소리는 올라가고 승우의 목소리는 갈라졌다. 하나씩 자리를 찾아가는 퍼즐… 그리하여 의문의 중심으로 다가서는 과정은 전율에 그 자체였다.

"그럼 거기서 악령에 씌었을지 몰라요. 그때 만난 사람이 피에스이디 낫을 따르는 낫꺼도라면 말이에요."

콰앙!

마침내 승우의 머리에 뇌전이 작렬하고 말았다.

벽화…….

승우는 다시 한 번 내용을 연결해 보았다. 신으로 표현된 벽화와 낡은 항아리를 바치는 사람들, 항아리에서 새어 나오는 어떤 물질……. 마치 고구려의 벽화처럼 벗겨지고 떨어져 나가 희미하지만 대략적인 파악은 문제가 없지 않은가?

"민민……."

"아저씨……."

승우가 돌아보자, 민민은 부서져라 떨기 시작했다.

"왜 그래?"

"표표… 언제 사고가 났어요? 그리고 저 아저씨가 파고다에 간 날은요? 그걸 좀 확인해 주세요."

"오케이! 표표는 22일… 유경찬은… 25일인데?"

"표표랑 전화하실 수 있어요?"

"글쎄. 어쩌면 가능하긴 하다만, 왜?"

"어쩌면… 어쩌면 표표는 피에스이디 낫을 숭배하는 낫꺼도에게 당한 걸지도 몰라요."

"응?"

"확인해 보세요. 만약… 그 낫꺼도의 짓이라면 그가 할아버지의 파고다를 부줬을 거예요."

"민민……"

승우의 눈은 계속 같은 단어로 물들어 있었다.

왜? 왜? 왜?

"검은 목곽의 코끼리, 발루를 손에 넣으려고요!"

"……!"

그 말을 끝으로 민민은 주저앉아 버렸다. 공포와 슬픔에 범벅이 된 민민은 금세라도 꺼질 듯 위태롭게 깜박거렸다.

발루… 그 말은 금세 이강순과 닿았다.

신통력을 높이기 위해 탐낸 검은 목곽의 신물. 그 안에 든 악령의 지배자 여섯 코끼리……. 흑무당에 속하는 낫꺼도라면 가능성이 있는 이야기였다.

오랜 시도 끝에 표표와 전화 연결이 되었다. 그나마 현지 가이드가 비 때문에 쉬고 있는 게 천운이었다. 그가 스마트폰을 가지고 있는 게 행운이었다.

"표표? 나 코리아 검찰청의 송승우야. 기억하지?"

물론 표표는 기억하고 있었다.

그리고…….

―민민… 잘 있죠?

그 자신도 중상을 입었으면서도 민민의 안부부터 물었다.

"잘 있어. 민민 걱정은 하지 마."

―뮤뮤 님이 어젯밤 꿈에 나타나시더니 과연…….

"뮤뮤?"

―당신에게 연락하고 싶었어요. 그런데 집에 불이나면서 전화번호가 타버려서…….

"……."

―내 말 잘 들으세요.

"오케이, 천천히… 천천히 해보라고……."

―마까웅 쏘와… 그가 왔었어요.

"마까웅 쏘와?"

승우는 발음을 따라하며 민민을 돌아보았다.

"악마라는 뜻이에요."

"표표, 표표……."

그사이에 전화가 끊겼다. 미얀마는 핸드폰 사정이 좋지 않았다. 승우는 그제야 그걸 실감했다. 몇 번이고 재발신을 한 끝에 다시 통화가 연결되었다. 전화 한 통 건다는 게 이토록 고맙기는 처음이었다.

"전화가 끊겼어."

―마까웅 쏘와…….

표표는 거기서부터 말을 이어갔다.

—피에스이디 낫을 숭배하는 낫꺼도가 악마의 낫과 접신을 이루었나 봐요.

"……."

—그가 아신 마웅 님의 유품을 알고 찾아왔어요. 그걸 원해요.

"그럼 그곳의 파고다가 무너진 것도?"

—네. 그자… 묘민딴…….

"묘민딴?"

"이름은 중요하지 않아요. 그는 탈혼을 할 줄 아는 자였어요. 탈혼… 아시죠? 모르면 민민 도련님에게 물으세요."

"탈혼. 알아."

—아마 당신을 찾아갈 거예요. 어떻게든… 그가 당신이 있는 곳을 알아요.

"……."

—그리고 또 한 사람…….

"누구?"

—미얀마 사람… 이름은 몰라요. 한 달 전에 코리아 에어라인으로 입국했대요. 그 사람의 정기를 뽑아야 자기의 꿈을 완성할 수 있다고 했던 거 같아요.

"표표…….

—무너진 파고다에 깔려 있을 때 그가 같이 온 사람과 말하는 걸 들었어요. 그는 내가 죽은 줄 알았을 거예요.

말을 많이 했다. 표표의 목소리가 허덕이고 있었다.

"표표. 내 걱정은 할 필요 없어. 그러니 표표 몸이나……."

—맞아요. 당신 걱정은 안 해요. 다만 우리 민민 도련님…….

"약속하지. 민민은 내가 지켜!"

—명심하세요. 그는 영매를 이용한 탈혼까지 한다는 거. 능력도… 굉장해요. 아신 마웅 님이 걸어둔 결계까지 알아내 그걸 무너뜨렸어요. 그래서 영력으로 유지되던 신비의 파고다가 제 풀에 우수수…….

"표표, 기운 내. 묘민딴인지 뭔지는 내가 체포할게."

—탈혼을 했다니… 여보세… 조심…….

통화가 다시 끊겼다. 한 번 더 연결을 시도했지만 미얀마 멘트에 이어 나중에 다시 시도하라는 영어 멘트만 반복되었다.

"표표가 뭐라고 그래요?"

민민이 여전히 겁에 질린 얼굴로 물었다.

"마까웅 쏘와가 악마라는 뜻이니?"

"네……."

승우는 검은 코끼리 발루의 주머니를 꺼내 들었다.

"그자가 이걸 노리고 있대."

"아……."

"그리고 탈혼도 한다는군. 이름은 묘민딴……."

"그럼……."

승우와 민민, 두 눈이 허공에서 마주쳤다. 그리고 둘은 이심동체답게 거의 동시에 같은 의미의 말을 토해냈다.

"다른 사람의 몸을 빌려서 왔다!"

그게 바로 유경찬이었다.

미얀마의 흑무당 묘민딴!

아신 마웅의 영면의 땅을 초토화시키고 그가 신기로 걸어둔 파고다의 결계까지 무너뜨린 자. 알고 보니 그가 승우에게 경고장을 보낸 것이었다.

악령을 다스리는 검은 목곽을 내놓아라!

승우의 망막 안에는 은근한 비웃음을 던지고 간 유경찬, 아니, 그 몸을 빌린 미얀마 낫꺼도의 미소가 회오리처럼 팽글거리기 시작했다.

*   *   *

"한 달 전 입국한 미얀마인요?"

회의 테이블에 둘러앉은 수사관들이 일제히 고개를 들었다.

"그래요. 대한항공 편으로 들어왔답니다."

"제가 알아보죠."

나수미가 일어섰다. 검찰에게 있어 그 정도는 일도 아니었지만… 그게 일이 되었다.

"송 검사님……."

출입국 자료를 받아 든 나수미가 울상을 지었다.

"왜 그래?"

가장 가까운 자리에 앉은 유 계장이 물었다.

"이날… 미얀마 산업연수생들이 단체로 들어왔어요. 전체 탑승객 120명 가운데 98명이 미얀마 사람인데요?"

"……?"

승우를 비롯한 수사관들의 눈이 휘둥그레졌다.

"으아, 98명! 게다가 산업연수생이면 전국으로 찢어졌을 텐데?"

차도형이 비명을 질렀다.

"그건 제가 맡지요. 까짓 98명쯤이야……."

다행히 석 반장이 자청하고 나섰다.

"괜찮겠습니까?"

승우가 돌아보았다.

"허헛, 98명 가지고 호들갑이라니… 옛날 생각 안 나시우?"

석 반장이 웃으며 되물었다.

"옛날 생각요?"

"부천 여대생 실종 사건 말이우다. 그때 검사님 지시 때문에 조사한 사람이 무려 2만 명이 넘었습죠."

"내, 내가요?"

"어이구, 이런 오리발이라니. 목격자 찾아내라고 닦달을 해서 대학교, 실종 직전의 유흥가, 그리고 동네 주민 전수 조사까지……. 솔직히 그때 한 대 쥐어박고 사표 내려고 했다우."

"저는 잘 생각이……."

"원래 가해자는 모래 위에 새기고 피해자는 청동에 새긴다는 말이 있습죠. 지나간 일이니 농담 삼아 해본 말입죠."

"아, 검사님이 너무하셨네. 하긴 전에는 억지 좀 부리셨죠. 되지도 않는 사람들 전부 참고인 소환하시고, 마뜩치 않으면 내지르고 윽박지르고……."

차도형이 대화에 기름을 부었다.

"사람들… 그만해. 지나간 일을 가지고……."

그나마 유 계장이 구원투수가 되어주었다. 승우의 잔재가 아직도 곳곳에 남은 모양이었다.

"그런데 미얀마 산업연수생 중에 누굴 보호해야 하는 겁죠?"

다시 사건으로 돌아온 석 반장이 물었다.

그게 문제였다.

미얀마의 검은 낫꺼도 묘민딴. 그가 노리는 사람은 누굴까?

산업연수생들은 일단 젊었다. 서류상으로 드러난 나이는 대개 20대 초반에서 중후반이었다. 그리고 죄다 남자였다.

승우는 몇 가지 기준을 제시했다.

1) 무속인 집안, 예를 들면 낫꺼도나 스야도, 몽크와 기타 무속인 망라.

2) 몸에 타고난 특별한 흔적 소유.

3) 기타 특이한 경우.

이런 조사는 신체나 이름, 혹은 가족 관계를 활용해야 하기에 극히 추상적일 수밖에 없었다.

오래 고민할 시간이 없었으므로 수사관들은 바로 수사에 착수했다. 우선은 98명의 현 위치 파악이었다. 다행히 그들은 우리 정부에서 지정해 준 기업이나 일터에 있었다.

산업연수생들은 본시 정부에서 지정해 준 일터에서 일하는 게 당연하다. 하지만 어기는 사람이 많았다. 이들은 일단 한국 생활에 익숙해지면 더 많은 임금을 주는 곳으로 옮겼다. 불법체류도 불사한다.

이 과정에서 정부의 관리를 벗어난 사람도 많다. 그들의 수요를 필요로 하는 일이 있기 때문이었다.

더욱 다행인 건 그들 전부가 한국말을 할 줄 알았다. 미얀마에서 한국어 과정을 마치고 시험에 합격한 사람만 골라 보낸 까닭이었다. 아주 자연스럽지는 않았지만 기초적인 대화는 충분히 가능했다.

그러나 역시 한강 모래밭에서 유리알 찾기……

수사관들이 지쳐 갈 때쯤 권오길의 통화음이 높아졌다.

"아, 그래요?"

승우를 비롯한 시선이 권오길에게 쏠렸다.

"검사님, 이 친구 집안에 낫꺼도가 있다는데요?"

"으아!!"

차도형은 환호부터 울렸다.

작은 희망들이 그 뒤를 이었다. 나수미도 몽크 가족이 있다는 사람을 찾아냈고, 유 계장 역시 스야도 핏줄을 잡아냈다. 스야도는 미얀마 스님의 일종이다.

그렇게 확보된 세 명.

유경찬에 대해 24시간 원거리 밀착 감시를 지시한 승우는 사업주의 협조를 받아 그들을 지점으로 불러들였다.

시간은 없었다. 어떻게든 유경찬에 앞서 그가 노리는 사람을 찾아내야만 보호할 수 있는 것이다.

씬싱, 민 레이, 민트 나잉.

둘은 낫꺼도 관련자, 또 한 사람은 특이한 흔적의 소유자였다.

불려온 세 사람은 잔뜩 긴장하고 있었다. 부푼 꿈을 안고 들어온 코리아. 하지만 불려온 곳은 검찰이었다. 절대 나쁜 일이 아니라고 못을 박았지만 사업주들이 어떻게 받아들였을지 모를 일이었다.

일단 영기부터 체크했다.

승우는 유경찬이 타깃과 면식 사이라고 믿었다. 단순히 이름만으로는 알 수 없을 것이기 때문이었다.

셋 다 유경찬에게 느꼈던 계열의 영기는 감지되지 않았다.

흔적은 씬싱이라는 청년에게 있었다.

"태어나다 그때부터 이거 있다, 부모님… 말해써요."

문법을 무시하는 화법과 함께 씬싱이 보여준 건 배꼽이었다. 그 주변으로 삼각의 붉은 라인이 보였다. 신기하긴 했지만 그뿐이었다.

그나마 희미한 영기로 관심을 끈 건 민 레이였다.

그는 양곤 출신이었다. 양곤에서도 가장 가난한 사람들이 산다는 델라 섬. 그 섬의 시계탑 앞, 로컬 마켓 뒤가 자신의 집이라고 했다. 그의 큰아버지가 바로 그 섬의 낫꺼도였다.

자료를 보니 델라 섬은 배를 타고 들어가는 곳이었다. 양곤 시내에서 멀지는 않았다. 그저 우리 한강 같은 곳으로, 눈에 빤히 보이지만 다리가 없으니 배를 이용할 수밖에 없었다.

이미지에는 어린아이들이 유독 많이 보였다. 배를 탄 외국인에게 호객하는 아이들… 상당수는 민민보다 고작 한두 살 더 먹은 정도였다.

민 레이에게서 풍기는 영기의 정체는 굿이었다. 한국으로 오긴 전, 큰아버지가 큰 굿을 했다고 한다. 민 레이 역시 북을 치기에 마을 수호신들을 위한 굿을 도왔다. 거기서 영기가 묻어온 모양이었다.

"행운을 빕니다."

승우는 바쁜 와중에도 협조해 준 미얀마 청년들에게 인사를 잊지 않았다.

'후우!'

차도형이 민 레이를 데리고 나가자 한숨이 나왔다. 척척 풀리지는 않을 줄 알았지만 소득이 없었다. 세 명을 통해 추가된 정보도 없었다. 그들은 합숙을 하며 한국행을 준비했지만 승우의 시각이 아니었기에 큰 도움이 되지 못한 것이다.

'별수 없이 가까운 곳부터 일대일로 만나보는 수밖에.'

결국 남은 사람 전부를 만나야 하는 사태에 직면하고 말았다. 맥 풀리는 일이었다.

"석 반장님?"

조사실 불을 끄고 복도로 나왔을 때였다. 거기서 석 반장이 전화를 하고 있었다.

"가시려굽쇼?"

통화를 끝낸 석 반장이 물었다.

"너무 쉽게 생각했나 봅니다. 내일부터 서울과 수도권을 시작으로 각개격파 들어가야겠습니다."

"그러시면… 어쩐다?"

석 반장, 곤란한 일이 있는 듯 목덜미를 긁적거렸다.

"왜요?"

"그게 제가 추가로 부른 미얀마인이 있는데……."

"추가요? 무속 관련자인가요?"

"그건 아니굽쇼, 그냥 감으로……."

"곧 도착하나요?"

"그게 이천에서 오던 중이었는데 서두르다가 접촉 사고가 두 번이나 생기는 바람에……."

"다쳤답니까?"

"미얀마 친구가 좀 다친 모양입니다. 그래서 병원을 들렀다 온다고……."

"그럼 무리하지 말라고 하세요. 어차피 이천 쪽에 여섯 명이 있던데 가는 길에 들러도 되니까요."

"그럽죠."

승우는 그 길로 청사를 나섰다.

석 반장의 얼굴을 봐서 기다릴 수도 있지만 이유가 있었다.

국과수의 검시관을 만나기로 한 것이다.

차는 두고 갔다. 청사에서 그리 멀지 않은 곳이었다.

이성욱!

승우가 한때 살생부에 올려놓았던 사람이었다.

전처럼 감정 때문은 아니었다. 살인 사건을 자주 접하다 보니 부검에 대한 지식이 필요했다. 그렇기에 그간의 오해도 풀고 도움말도 구할 생각이었다.

소주 한 잔이 들어갈 때까지도 그는 표정을 풀지 않았다. 이 인간이 무슨 꿍꿍이로… 그의 얼굴에서 그런 마음이 읽혔다.

"전의 일은 미안하게 되었습니다."

승우는 겸손하게 말했다. 신분으로 보아 꿀릴 거라고는 티끌만큼도 없지만 상대는 가르침을 줄 사람이었다.

"솔직히… 저자세로 나오니 좀 불안한데요?"

이성욱이 씁쓸하게 웃었다. 어쨌든 입꼬리가 올라갔다는 것, 승우에게는 긍정적인 신호였다.

"아직도 불쾌하시다면 큰절이라도……."

승우가 벌떡 일어섰다.

"아, 왜 이러십니까?"

놀란 이성욱이 따라 일어섰다.

"진짜 도움이 필요해서 연락했거든요."

"알았습니다. 알았으니까 일단 앉으세요. 큰절이라니, 원……."

이성욱은 승우를 눌러 앉혔다.

"여기 오면서 찜찜했던 건 사실입니다. 요즘 서류에서 송 검사님 이름 자주 봤거든요."

이성욱이 잔을 비워냈다.

"좀 그랬죠?"

잔을 채워주었다. 그동안 이런저런 사건이 많았다. 하다 못해 고양이 부검까지 요청했던 승우가 아닌가.

"그래서 뭐 또 그 결과들에 대해 시비를 걸려나 했지요."

"……."

"아무튼 고맙군요. 부검에 대해 관심을 다 가져 주시니……."

"전에는 제가 겉멋이 들어서……."

"사실 수사 검사라면 법의학에 관심 갖는 건 당연한 일입니다. 다만 그 당연한 게 당연하지 않아서 그렇지……."

이성욱은 또 잔을 비웠다. 긴장이 풀리니 술이 받는 모양이었다.

그는 여러 특이 사례와 더불어 우리나라 법의학 체계의 허점과 시행착오에 대해 들려주었다.

대한민국 검시!

그건 경찰관으로부터 출발한다고 해도 과언이 아니었다. 우선 시신이 발견되면 경찰관이 출동한다. 이때 시신이 범죄와 관련이 있다고 판단되면 검사에게 보고해 지휘를 받는다.

검사가 부검의 필요성을 느끼면 법원에 압수수색영장을 청구한다. 판사가 영장을 발부하면 검사나 경찰은 이를 근거로 의사에게 부검을 의뢰한다. 즉 한국의 검시에는 검사, 경찰관, 의사, 판사의 네 직종이 참여하고 있는 것이다.

여기서 맹점이 나온다. 이들 네 직종은 모두 검시가 주업무가 아니다. 부수적인 업무일 뿐이다. 그러다 보니 상호 유기적인 협력이 원활치 못하다.

"거꾸로라는 얘기죠."

설명에 비해 이성욱의 결론은 간결했다.

"전문 검시관이 사건 현장을 보고 사인에 따라 수사관이 투입되어야 하는데, 오히려 수사관이 현장을 장악하는 모순적 시스템이다 이거로군요."

"맞습니다. 그렇기 때문에 범인을 놓치는 경우가 생기는 겁니다. 막말로 밥 따로 국 따로, 후식을 먼저 먹고 메인 메뉴를 받는 셈이죠."

"거기까지는 생각해 보지 못했습니다."

"뭐, 송 검사님을 탓하자는 게 아닙니다. 일의 선후가 그렇다는 거고……. 외국은 대개 그런 관습이 정착되어 있습니다."

이성욱의 말인즉 사건 현장의 중요성을 강조한 말이었다.

초동 수사!

사건 현장!

이 중차대한 두 가지 명제에 검시 또한 맞닿아 있었다.

"부검은 전문적이고 또 전문적입니다. 사실 의사들도 이 의의를 제대로 모르는 경우가 많습니다. 그런데 하물며 어떻게 경찰관들이……."

"의사도 모르는 경우가 있다고요?"

"그럼요. 부검을 병리부검과 법의부검으로 나누기도 합니다만 병리부검을 맡은 병리의들은 사망의 원인에 더 골몰한단 말이죠. 그러다 보니 범죄와 사인의 관계 증명을 놓치는 수가 있습니다."

승우는 고개를 끄덕거렸다. 전 같으면 제 밥그릇 늘리려고 개소리를 한다고 생각했겠지만 마음을 열고 들으니 그렇지 않았다.

최소한 앞으로는 변사체 보고에 대해서 각별한 신경을 써야겠다는 결심은 하게 되었다.

"아무튼 부검에 대해 특별한 관심을 가져 주시니 사례를 모아 전송해 드리겠습니다. 서로의 영역을 이해하면 범죄수사에도 도움이 될 겁니다."

"마음을 받아주셔서 고맙습니다."

"별말씀을……."

미팅이 끝났다.

술이 한잔 들어가니 승우의 마음이 잠깐 흔들렸다. 공식처럼 찾아가던 2차. 전화만 걸면 당장 달려와 특A급 미녀들이 바글거릴 술집으로 모실 빠라끌리또들…….

'기왕 쏜 김에 끝장을 봐?'

…하는 마음이 일어섰지만 바로 꺾어버렸다.

입만 버린 1차. 하지만 유혹을 떨치고 이성욱을 보내고 나니 금세 말쑥해지는 기분이었다.

그 순간, 승우의 곁으로 두 여대생이 지나갔다. 손에는 커피가 들려 있었다. 스쳐 가는 그 냄새가 좋았다. 승우는 술 대신 커피를 테이크 아웃해서 들고 나왔다. 따뜻하게 몇 모금 빨며 청사로 걸었다. 술이 깨는 것 같았다.

'누가 아직 근무 중인가?'

사무실에 불이 켜져 있었다. 딱히 야근을 한다는 보고를 받지 못했던 승우. 누굴까 생각하는데 오싹한 영기가 느껴졌다.

"민민……."

뜻밖의 영기에 놀란 승우가 커피잔을 떨어뜨렸다.

"저기예요."

민민의 가리킴과 동시에 승우의 시선도 그곳에 가 있었다. 사무실 옆의 조사실. 난폭한 영기의 근원은 그곳이었다.

'혹시?'

짚이는 곳이 있어 돌아보자 담을 이룬 조경수 너머에서 영기가 감지되었다. 조사실의 그것보다 강력했다.

"민민, 그놈이 왔어."

승우의 몸에서 촉수가 왈딱 서기 시작했다. 그리고 조사실 안에서 석 반장의 비명이 복도를 울렸다.

"누구 없수? 도와주시오!"

외침은 다급해 보였다.

승우는 잠시 주저했다.

뭔가 위기를 만난 석 반장.

조경수 너머에서 감지된 유경천의 영기.

"아저씨……."

승우의 마음을 아는지 민민의 빛도 제자리를 맴돌았다.

팟!

승우는 뛰었다. 석 반장 쪽이었다. 일단은 사람부터 구해야 했다. 돌진하는 승우의 등 뒤에서 119 구급대의 사이렌 소리가 하늘을 덮고 있었다.

비명은 석 반장 것이지만 구급 대상은 석 반장이 아니었다.

"……!"

조사실에 가운데는 미얀마 청년이 있었다. 아까 본 세 명은 아니었다. 아마 석 반장이 말하던 추가 조사 대상자인 모양이었다. 그의 눈알은 하얗게 뒤집어져 있었다. 입에는 거품… 두 손은 가슴을 쥐어뜯은 채 멈춰 있었다.

"송 검사님!"

승우를 발견한 석 반장이 외쳤다.

"어떻게 된 겁니까?"

승우가 몰려든 직원들을 뚫고 다가섰다.

"그게… 제가 좀 늦더라도 조사를 하고 가려다 그만……."

"비켜 봐요."

승우가 앞으로 나섰다.

'심장을 껴안고 멋대로 휘감긴 사악한 영기…….'

승우는 미얀마 청년이 몸부림치는 원인을 알 것 같았다. 청년을 돌보는 척하며 태을신장의 힘을 빌었다. 소리 없이 파동을 밀어내자 청년의 몸에 붙어 있던 악령의 찌꺼기가 밀려났다.

"으음……."

그제야 청년의 입에서 신음이 흘러나왔다.

"누가 물 좀 주세요."

승우가 돌아보자 여직원 하나가 물컵을 내밀었다. 청년은 컵을 비우고도 또 한 차례 받아마셨다.

"괜찮아요?"

승우가 물었다. 이들이 한국말을 한다는 건 이미 알고 있던 상황이었다.

"예……."

그때 119 구급대원들이 들이닥쳤다.

소란 끝에 조사실에 남은 건 승우와 미얀마 청년이었다. 청년의 이름은 아웅 랏! 석 반장이 그를 찜한 이유가 나왔다. 아웅 랏은 무려 네 쌍둥이의 막내였다.

네 쌍둥이는 결코 흔하지 않다. 하지만 석 반장이 끌린 건 네 쌍둥이라서가 아니었다. 바로 그의 형들 때문이었다. 네 쌍둥이 중의 셋이 죽음을 맞은 것.

한 사람은 아버지와 비행기를 타고 가다 추락사, 또 하나는 강물에서 배가 뒤집혀 익사, 나머지 하나는 낡은 폐광에서 놀다가 갱도가 무너져 매장.

그 죽음의 공통점 안에서 석 반장이 끌린 이유가 나왔다.

셋 다 시신을 찾지 못함!

"……!"

승우가 들어도 촉수가 서는 일이었다.

외형적인 이력은 이렇다 할 게 없었다. 별수 없이 그의 조상을 파기 시작했다.

"말해. 우린 다 알아!"

기본적인 으름장이었지만 이 청년에게는 먹혔다. 가난한 나라의 청년이라 순진했던 것이다. 거기서 단서가 나왔다. 그의 할아버지가 태평양 전쟁 직후의 살인광이었던 것.

아웅 랏의 할아버지…….

그는 태평양 전쟁에서 간신히 살아남았다. 당시 버마로 불린 미얀마까지 진출한 일본군들은 걸리적거리는 건 뭐든지 정리했다. 그 패악함은 패망 직전에 극한의 기승을 부렸다.

그러다 일본군 장교의 마을 소개 작전을 불이행한 죄로 모진 고문을 받았다 이어 토굴 감옥에 투옥되었다. 그는 장교의 고문으로 두 다리를 잃었으나 일본의 패망 일까지 살아남았다.

그의 분노는 무장 해제된 일본군과 그 군속들에게 돌아갔다. 미군에게 신병을 넘기기 하루 전날 밤, 그들을 수용한 수용소의 문을 밖에서 걸고 불을 놓았던 것. 목조 건물에 허용된 통로는 오로지 뒷문 하나. 그는 거기 기관총을 겨누고 튀어나오는 모두를 몰살시켰다. 자신의 다리를 자른 장교도, 혹은 그런 사실을 알지 못하는 어린 가족들도…….

불과 몇 분 만에 총에 맞아 죽은 사람이 200명을 넘었다. 그리고… 스스로 살귀를 자처한 그는 일본군 장교의 간을 꺼내 씹고는 그의 대검을 뽑아 생을 마감했다.

미얀마 사람들이 달려왔을 때 그곳은 피바다가 된 후였다.

진술을 마친 청년은 한동안 고개를 들지 못했다. 이역만리의 한국 땅, 그곳에서 뜻하지 않게 비극의 가족사를 꺼내게 된 탓이었다.

"쩨쭈띤 바레."

승우는 미얀마 말로 감사를 전했다. 가족의 상흔을 불러낸 어려운 결단. 그에게는 미안하지만 알아야만 할 일이었다.

일단은 확인이 필요했다. 만에 하나 지어낸 일이거나, 혹은 잘못 전해진 일이라면 낭패를 볼 일이기 때문이었다.

미얀마 대사관에 긴급 협조 공문을 보내고 미얀마 한인회에도 이메일과 함께 전화를 걸었다.

연락은 한인회 쪽이 빨랐다. 그들 중 양곤에 오래 머문 선교사가 그 일을 알고 있었다. 마침 태평양 전쟁 때 일본의 악행을 조사하는 사람이었다.

그때 그 병사의 아들은 고작 네 살이었고 아이의 이름은 바로 먀 떼잉이었다. 바로 아웅 랏의 아버지 이름이었다.

"혹시 아까 그 발작 말입니다. 전에도 그런 적이 있나요?"

"미얀마, 없어요. 한국 두 번."

잠시 휴식 시간을 가졌던 아웅 랏이 손가락 두 개를 펼쳤다.

'두 번째?'

승우가 고개를 저었다.

"서울 오다… 거기… 중간……. 처음에는 쪼끔 아파… 그리고 여기서는 많이… 아파……."

아웅 랏, 보아하니 유경찬의 공격을 두 번이나 받은 모양이었다.

"기분은 어땠어요?"

"여기가… 하트. 누가 칼… 잘라가… 느낌이었어요."

아웅 랏은 가슴을 가리켰다.

"이제 괜찮을 거예요."

승우는 청년을 안심시키고 전화기를 집어 들었다.

"이 사장님, 여기 검찰청인데요."

아웅 낫의 사장 협조가 필요했다. 지금 아웅 낫이 걱정하는 건 회사였다. 혹시라도 문제가 되어 본국으로 돌려보내질까 노심초사하고 있었기 때문이었다.

핑계는 미얀마 주요 범죄자의 검거에 아웅 낫의 협조가 필요하다고 지었다. 다행히 사장은 그럭저럭 동의를 해주었다.

24시간 밀착 경호.

그 책임은 승우의 몫으로 돌아왔다. 유경찬이 그를 노리는 것을 안 이상 다른 수사관에게 맡길 수 없었다.

아웅 랏에게 식사를 시켜주고 석 반장의 보고를 들었다.

"보십죠."

석 반장이 내놓은 건 CCTV 화면이었다. 승우의 지시를 받은 그는 경찰을 동원해 영기가 머물던 청사 주변의 CCTV를 뒤져 승우가 바라는 걸 가지고 왔다.

'유경찬……'

거기 있었다. 승우가 파악한 그 지점… 아웅 랏이 도착한 직후에 모습을 드러낸 그는 아웅 랏이 발작하던 그 순간에 조사실을 쏘아보고 있었다. 그러니까 원거리에서 아웅 랏을 노린 모양이었다.

'응?'

거기서 승우, 유의할 만한 점을 하나 찾아냈다. 유경찬이 지나치게 정원수에 근접한 모습이었다. 조사실을 바라보려면 차라리 몇 미터 물러서는 게 시야 확보에 좋았다. 그럼에도 답답한 정원수 앞까지 온 건 무슨 까닭일까?

'영기의 사거리……'

승우는 고개를 끄덕였다. 제아무리 강력한 악령이라고 해도 무한한 거리에다 힘을 떨칠 수는 없는 일. 그러니까 악령의 힘이 미치는 범위가 딱 그쯤인 것 같았다.

'대략 20미터……'

정원수 담장을 보며 거리를 가늠했다. 양 부장과 마주친 거리는 약 5미터였다.

'그때는 수사관은 즉사, 양 부장은 중태……'

다시 살아나긴 했지만 당시의 상황이 필요했다.

'여기는 20미터… 효력은 있지만 살상까지는 불가능……'

승우는 몇 가지 데이터를 머리에 넣었다. 그런 다음 석 반장에게 은밀한 지시를 내리고 지검을 나섰다.

밖으로 나오니 하늘은 어두웠다. 달도 없는 밤, 창창한 별 몇 개만이 소리 없이 와글거렸다.

"여기… 폴리스… 집?"

아웅 랏을 데리고 들어선 곳은 모텔이었다. 수사관들은 가끔 이곳을 이용한다. 어쩌다 조사로 밤을 새우게 되거나 너무 늦으면 눈을 붙이는 것이다.

"아니, 오늘은 일단 여기서 자자고."

승우가 엘리베이터 버튼을 눌렀다.

별수 없는 일이었다.

악령이 노리는 미얀마인. 수사관들에게 맡길 수가 없었다. 한편으로는 전략이기도 했다. 그 또한 같은 이유로 악령이 노리는 사람이라는 게 이유였다. 그렇다면 악령은 승우 앞에 나타날 수밖에 없었다. 그가 노리는 두 가지가 전부 한곳에 있으므로.

띵!

짧은 소리와 함께 엘리베이터가 입을 벌렸다. 승우는 아웅 랏을 태웠다. 버튼은 6층을 눌렀다. 8층짜리 건물의 모텔은 4층부터 객실을 갖추고 있었다.

"호텔?"

청년이 물었다.

"모텔!"

승우가 대답했다.

"모텔 호텔 달라요?"

청년이 다시 묻는다.

"조금……."

"미얀마 호텔 비싸……."

순박한 얼굴로 중얼거리던 아웅 랏이 거울을 향해 고개를 돌렸다.

"악!"

순간, 그의 입에서 짧은 단발마의 비명이 터져 나왔다.

"……!"

거울을 바라본 승우도 주춤 물러섰다.

거울, 그 안에서 악령이 춤추고 있었다.

'왔구나!'

재빨리 돌아보지만 뒤는 비어 있었다.

그렇다면 어디?

허공을 보는 순간 정전과 함께 엘리베이터가 멈췄다.

"끄아… 끄아악!"

어둠 속에서 아웅 랏이 가슴을 쥐고 주저앉았다. 비상버튼 눌러보지만 작동이 되지 않았다. 그사이에 악령의 영기는 터질 듯 엘리베이터 안을 휘젓고 있었다.

"민민, 조심해!"

승우는 재빨리 영력을 끌어올렸다.

접신!

접신!!!

자신도 모르게 소리를 질렀다. 일 초라도 빨리 태을신장의 위세를 빌려야 했다.

"와아아앗!"

포효와 함께 승우의 몸에서도 퉁퉁 영력이 터져나갔다.

"아저씨, 악령이 빠져나가요!"

어깨쯤에서 출렁이던 민민이 소리쳤다. 돌아보니 엘리베이터 문틈을 비집고 나가는 사음한 영기가 보였다.

"윽!"

승우는 악령을 향해 영력을 퍼부었다. 그 몸체 일부에 태을신장의 영력이 적중되었지만 악령은 끝내 꼬리를 끌고 사라져 버렸다.

"밖에 있어요."

민민이 틈 앞에서 소리쳤다. 승우는 민민을 위해 까웅 깅을 꺼내주었다. 흰 코끼리가 나래를 펴자 민민은 그 위에 올랐다.

더불어 아웅 랏을 살폈다. 그의 가슴과 목을 휘감은 영기는 야광처럼 푸르게 빛났다. 재빨리 영력을 펼쳐 영기를 끊어냈다.

"아저씨, 문이 열려요."

영력으로 응급조치를 하던 승우가 고개를 들었다.

문이 열렸다.

6층의 턱과는 조금 엇갈렸지만 살짝 열린 건 사실이었다. 문틈으로 푸른 하늘빛이 여리게 들어오고 있지 않은가? 더불어 악령의 사음함도 너울너울 따라 들어왔다.

'자신 있으면 덤벼라!'

악령의 흔적이 말하고 있었다. 승우를 자극하고 있었다.

"민민……."

승우는 밖을 바라보며 민민에게 말했다.

"네, 아저씨……."

"여기서 이 친구를 지켜줘."

"아저씨는요?"

"내 걱정은 말고. 절대 나오면 안 돼."

승우는 민민의 가호를 위해 흰 코끼리 전부를 꺼내주었다.

"아저씨······."

민민의 우려를 뒤로하고 엘리베이터 문을 좌우로 밀었다. 틈이 조금 넓어지면서 승우가 나갈 공간이 생겼다.

"조심하세요!"

6층 바닥을 밟은 승우는 민민에게 손을 들어 보이고 신방울을 꺼내 들었다.

짤랑짤랑!

방울은 이미 검은색. 미친 듯이 흔들리며 옥상을 가리켰다.

'나는 대한민국 검사······.'

승우는 비장하게 고개를 들었다.

'악령 따위에게 쫄 수 없지.'

이윽고 승우의 발이 남은 계단을 박차기 시작했다.

쾅!

옥상 문을 밀고 나온 승우를 기다린 건 텅 빈 적막이었다. 방금 전까지도 사납던 악령의 흔적이 성둥 끊겨 있었다.

'아차!'

승우의 목덜미에 식은땀이 흘러내렸다. 악령이 먼저 노리는 건 아웅 랏인 모양이었다.

'그렇다면······.'

승우의 손이 품으로 들어갔다. 그 손이 꺼내 든 건 검은 코끼리들이었다. 벼락처럼 돌아선 승우는 검은 코끼리 발루가

든 주머니를 하늘을 향해 날려 버렸다.

그리고…….

"묘민딴, 네가 찾는 발루가 여기 있다. 웅아 틴테가 샴펙나무로 만들었다는 검은 코끼리!"

닫혀가는 옥상 문을 향해 소리쳤다.

"……?"

뚫어져라 집중하지만 옥상 문에는 아무 일도 일어나지 않았다.

'아닌가?'

…싶을 때 아래쪽에서 석 반장의 고함이 올라왔다. 석 반장은 처음부터 거기 있었다. 승우가 은밀한 지시를 내린 것이었다.

"송 검사님!"

보였다.

유경찬…….

그가 낙하하는 주머니를 향해 보도블럭 위를 달리는 게 보였다.

'오케이!'

시선을 가다듬은 승우는 미친 듯이 영력을 끌어올렸다.

'미얀마 낫꺼도의 접신 능력은 20미터. 살상 거리는 5미터…….'

승우는 믿었다.

어머니의 태을신장…….

모든 한국 무당들이 첫손가락에 꼽는 그 태을신장…….

'설마 미얀마 악령에게 뒤질리야?'

승우의 눈은 태을신장의 그것을 닮아갔다. 바라만 보아도 만물을 휘어잡는 태을신장의 공력. 모든 귀신을 벌벌 떨게 하는 신력. 그 눈으로 목표를 집중했다.

악령…….

영기의 약점은 어디일까? 그저 아무렇게나 영력으로 적중시키면 제압이 될까? 승우, 그 단계는 이제 지났다. 권총으로 조준 사격을 하듯 악령 사냥에도 급소가 필요했다.

'보인다…….'

목표물을 꿰뚫던 승우의 심장이 꿀럭 요동을 쳤다. 사음한 연기의 덩어리를 이룬 악령. 그 또한 뚫어 보니 동심원과 유사했다. 안으로 휘말린 악령의 진기. 그걸 허망한 기체 체인 덩어리로 끊자면 동심원의 출발점을 박살 내야 했다.

"와아앗!"

후끈 호흡을 몰아친 승우는 온몸이 터져라 영력을 날렸다.

파아아!

보였다. 장쾌하게 뻗어나가는 태을신장의 공력. 그건 천상에서 지상의 악을 징벌하는 뇌전과 닮아 있었다.

"......?"

코끼리 주머니에 정신이 팔렸던 유경찬, 아니, 미얀마 악령 묘민딴… 그제야 위태로움을 알고 고개를 돌렸지만 피하기에는 늦은 후였다.

후우우웅!

영력의 바람이, 돌풍처럼 악령을 통타했다.

[꾸에에!]

악령이 몸을 빌린 유경찬의 몸 안에서 발작을 하며 몸서리를 쳤다. 그리고 그 몸에서 일부 분리되는 순간, 사음한 핵심 안으로 승우의 영력이 폭격을 했다.

화아앗!

빛…….

빛…….

어두운 폭광이 악령의 중심 깊은 곳에서 터졌다.

[꾸룩!]

악령은 짧은 요동으로 몸을 뒤틀었다. 치명타를 맞은 것이다. 석 반장 눈에는 보이지 않는 악령의 허덕임.

아아!

승우는 믿기지 않는 듯 두 손을 바라보았다.

태을신장이 곧 승우였고 승우가 곧 태을신장인 순간이었다.

승우는 미친 듯이 주먹을 그러쥐었다.

'나이쓰!'

모험이 통한 것이다.

2장
악몽의 파고다

"검사님!"

승우가 뛰어 내려오자 형사 둘과 더불어 잠복 중이던 석 반장이 손을 흔들었다.

"물러서세요!"

승우는 석 반장 일행을 밀어냈다.

[꾸어억!]

겨우 환신된 유경찬의 몸을 일으켜 세운 악령이 무지막지하게 승우에게 달려들었다. 승우는 공격을 피하며 악령의 중심을 가늠했다.

심장과 머리 사이였다. 놈은 그곳에서 허덕이며 숙주를 조종하고 있었다. 환신된 몸이 부서지는 것도 모른 채 미친 듯이 육탄 공격을 감행하는 것이다.

부러진 팔조차 무기로 삼아 휘둘러 대는 공세. 슬쩍 몸을 비틀어 공세를 비켜선 승우는 응결된 영력을 퍼부었다.

퍼엉!

태을신장의 진기를 맞은 악령이 기력 없이 흩어지는 게 보였다.

'이겼다!'

승우는 과부하를 이룬 몸을 간신히 세웠다. 짐작은 맞았다. 흩어진 악령은 비틀비틀 다시 모였지만 유경찬의 안으로 들어가지 못했다. 통제력을 상실한 유경찬의 육체가 물 먹은 종이처럼 늘어지자 악령은 그 위로 맥없이 무너졌다.

"반장님, 구급차 두 대 부르세요. 어서!"

승우가 소리쳤다.

"두 대라굽쇼?"

전화기를 꺼내든 석 반장이 돌아보았다.

"엘리베이터 안에 미얀마인이 있어요. 같이 옮기세요."

"알겠습니다요."

"따라가요. 나는 조금 후에 가겠습니다."

구급대가 도착하자 석 반장 편에 아웅 랏과 유경찬을 실어

보냈다. 승우는 민민의 상태를 확인했다.

"아저씨……."

민민은 그때까지도 엘리베이터 안에 있었다. 착실하게 승우의 말을 따른 것이다.

"미얀마 악령을 잡았다."

"정말요?"

그제야 엘리베이터에서 너울너울 날아 나오는 민민.

"어때?"

건물 뒤편으로 돌아온 승우가 늘어진 종이 꼴의 악령을 가리켰다. 악령 묘민딴. 그는 이제 초라한 허덕임에 지나지 않았다.

"이 나쁜 놈!"

악령을 본 민민이 줄기 끝을 잡고 패대기를 쳤다. 승우는 모른 척했다. 할아버지의 소중한 파고다와 표표를 다치게 한 악령. 민민이 분노하고도 남을 상황이었다.

몇 번이나 패대기를 친 민민은 그래도 화가 풀리지 않는지 계속 씩씩거렸다.

"흔적조차 지워 버릴래요."

성난 민민이 친디를 꺼내 들었다. 민민의 마음을 아는지, 친디는 포효와 함께 맹렬한 적개심을 드러냈다.

"민민……."

그제야 승우가 끼어들었다.

"왜요?"

"네 마음은 알지만 잠깐 조사할 게 있어서……."

"아저씨……."

"미안하지만 객실로 옮겨갔으면 하는데……."

승우가 민민을 바라보았다.

악령은 환신이었다. 한국인 유경찬의 몸을 빌었다. 그럼 그의 원래 몸, 묘민딴은 어떻게 된 걸까? 그리고 그는 무엇을 위해 아웅 낫과 검은 코끼리를 원한 걸까? 그걸 알아야 했다.

"알았어요."

착한 민민은 승우의 요청에 부응했다. 민민의 명을 받은 친디는 악령을 물어 객실로 옮겼다.

딸깍!

주인이 객실의 불을 켰다. 이제는 엘리베이터 작동도 문제가 없었다. 주변 소란이 컸지만 승우가 검사인 걸 아는 주인은 아무 말도 하지 않았다.

일단 병원 쪽 상황부터 챙겼다.

―아웅 낫은 큰 이상 없굽쇼, 유경찬은 의식불명입니다요.

석 반장의 보고는 예상대로였다.

그런데 엉뚱한 보고 하나가 이어졌다.

―유경찬 소지품 중에 다른 사람 여권이 있습니다요. 노종

대라고…….

"노종대?"

—어떤 사이인지 확인해 볼깝쇼?

"그러세요."

승우는 전화를 끊었다. 노종대라는 이름에는 큰 신경을 쓰지 않았다. 악령이 승우 손 안에 있는 한 더 이상 불상사가 날 일은 없기 때문이었다.

"헤이, 묘민딴!"

통화를 끝낸 승우가 악령을 바라보았다. 그 위에는 민민이 푸른 영기로 출렁거렸다. 주인이 켜주고 간 불은 승우가 다시 끈 후였다.

[꾸우…….]

악령은 신음만 뱉어냈다. 이제 그는 하잘 것 없는 영기의 찌꺼기에 불과했다.

"얘가 누군 줄 알아?"

승우가 민민을 가리켰다.

[꾸우…….]

"네가 작살낸, 뽀빠산 위대한 낫꺼도의 직계혈통이야."

[꾸우.]

"듣자니 네가 민민 할아버지의 파고다와 거처를 박살 냈다며? 거길 지키던 표표도 다치게 하고?"

[알고… 있었나?]

악령이 허물어지는 안개 같은 소리로 물었다.

"미안하지만 여긴 IT 강국 대한민국이야. 정보의 질이 미얀마와 다르지."

[……]

"첫 번째 질문, 왜 이렇게 서둘렀지?"

승우는 심문하는 첨사의 자세로 돌아갔다.

묘민딴. 그의 기습은 전격적이었다. 사실 승우는 그가 시간을 두고 완전한 기회를 노릴 줄 알았다. 그렇기에 오늘 당장 습격을 하리라고는 생각지 않고 있었다.

[피에스이디 낫……]

악령이 중얼거렸다. 그에게 접신을 허락한 악마의 신이었다.

[그분이 나를 버렸군……]

"……"

[당신… 코리아 낫꺼도인가?]

"편한 대로 생각하도록!"

[아까 그 낫… 나로선 넘볼 수 없는 신력이었어.]

악령이 뜻하는 건 태을신장이었다.

[저 꼬마, 아신 마웅의 냄새…… 파고다의 결계까지 무너뜨렸건만 결국 아신 마웅이 내 꿈을……]

"……."

[시간… 야속한 시간이 내 길을 막았도다.]

악령의 연기가 흐물거렸다.

"시간?"

[6박 7일… 그때까지 다시 바간으로 돌아가야 했다. 그래야 미얀마 모든 악의 낮의 영력을 내 안에 품을 수 있었거든…….]

"바간으로 돌아간다고?"

허공에 있던 민민이 소리쳤다.

[그래, 바간……. 내 영력의 바탕에 세워둔 왕국… 그 파고다로……!]

"그럼 당신, 거기에 몸을 두고 온 거지?"

"민민…….."

승우가 고개를 돌렸다.

"틀림없어요. 할아버지에게 들었어요. 영력이 특출한 검은낯꺼도는 자기의 파고다 안에 몸을 두고 탈혼할 수 있어요. 하지만 그 시간은 길어야 일주일이라고요."

"……?"

승우의 눈이 휘둥그레졌다. 신빙성이 있는 말이었다.

[맞다. 그래서… 서두를 수밖에 없었다. 내일 비행기로는 돌아가야만…….]

'내일 비행기?'

그 말은 석 반장이 말한 여권과 매칭이 되었다.

유경찬은 출국 금지가 내려졌다. 그러니까 이 악마는 철저한 준비를 하고 있던 셈이었다.

즉, 오늘 밤 아웅 랏을 해치우고 발루를 손에 넣으면 경찰의 감시와 상관없는 노종대의 몸에 환신을 해서 미얀마로 돌아갈 계획이었던 것이다.

[맞아… 그래서 아웅 랏을 찾으러 갔는데… 서울로 갔더군. 쫓아오는 길에 진기를 흡수하려 했지만 달리는 차가 너무 빨라서……]

"허얼!"

승우는 혀를 내둘렀다. 단순히 무시무시한 악령이 아니라 치밀한 두뇌를 가진 범죄자 못지않은 묘민딴이었다.

"아웅 랏을 노리는 이유는 뭐냐? 영력을 높이는 영매로 삼을 셈이었나?"

[그래… 그 선조들에게 이어 받은 살귀의 혼……. 모든 존재의 심장에 한을 꽂을 수 있는 광기의 분노……! 미얀마 사람 중에서는 더할 수 없는 피니까.]

"그게 바로 쇼크로군? 산 자를 직접 타격할 수 있었던……."

[그래… 하지만 미완성이었지. 진작 아웅 랏의 혼을 소유했었더라면……]

미완성!

머리가 아찔해 왔다. 그 가공할 위력이 미완성이라니…….

"아무튼 네 육신은 지금 바간의 파고다에 있다는 말이로군. 유경찬을 유혹해 몸을 빌린 바로 그곳?"

[그래…….]

"혹시 거기 유경찬의 혼도 있나?"

[…….]

"말해!"

승우가 악령을 다그쳤다.

[없어. 아마 떠돌이 영기가 되어 미얀마를 떠돌고 있겠지.]

푸헐!

큰 기대는 하지 않았었다. 가능한 일인지도 알지 못했다. 하지만 악령의 대답 하나에 희망은 콩가루가 되었다.

유경찬… 영적으로 말하면 넋을 잃은 육체, 의학적으로는 식물인간으로 살 판이었다.

"그럼 서류는, 유경찬이 가지고 있던 서류는 못 봤나?"

[서류…….]

"그래. 가방이라든지."

[가방은… 파고다에 있을 거야… 내 유혹의 영력에 걸린 그자……. 나중에 혼자 돌아왔을 때 메고 있길래 치워두었지…….]

"……."

[그대… 그 머리에 이글거리는 신은 누군가? 그 신이 그대의 주신(主神)인 게로군?]

"태을신장이시다!"

[하나가 아니야…….]

"둘이라면 또 한 분은 천존신장!"

[굉장하군……! 코리아에 그대 같은 낫꺼도가 있을 줄이야……. 그대가 검은 목곽을 지키고 있을 줄이야…….]

"민민!"

"네?"

"이자 말이야. 혹시 이 영기를 미얀마로 가져갈 수 있을까?"

"미얀마로요?"

"부탁한다. 유경찬의 소지품이 증거로 필요해. 나아가 네 할아버지 집도 봐야하고 표표도 찾아봐야지."

"아저씨!"

민민의 목소리에 고마움이 담겨 나왔다.

"아아, 그렇다고 감동할 건 없어. 난 저 악령과 유경찬의 죄를 묻고 싶어서 그러는 거야. 이놈이 이렇게 소멸되어 버리면 알 길이 없잖아?"

"해볼게요. 어떻게든 혼으로 묶어볼게요."

민민의 목소리 가파르게 높아졌다.

　　　　　*　　　　*　　　　*

　미얀마!

　멀었다. 태국보다 멀었다.

　남은 시간은 단 하루, 그렇기에 승우는 대한항공 직항을 이용할 수 없었다. 비행 시간 때문이었다. 하루 한 편 있는 대한항공의 출발 시간은 저녁 6시 이후였다.

　서울에서 양곤의 시차는 2시간 반.

　다행히 양곤이 늦지만 밤 10시에 도착해서는 자정 안에 바간에 갈 재주가 없었다.

　별수 없이 환승을 끊었다. 오전 8시에 출발하는 태국 편. 방콕에서 바로 환승하면 현지 시간 4시 이전에 양곤에 도착할 수 있었다. 양곤에서 바간은 비행기로 약 한 시간 거리. 미얀마 국내선은 그리 붐비지 않아 5시 비행기를 예약했다.

　이른 아침, 승우는 공항으로 질주했다. 양국 수사 협조 지원에 따른 준비는 유 계장에게 맡겼다. 비행이 계획대로 된다면 바간에서 한국인 가이드를 만날 수 있었다. 표표의 소식을 전해준 그 가이드……

　보안검색대를 지나 면세점 통로에 들어섰다. 사람들은 많았다.

얼마 전 생각이 났다.

표표를 잡기 위해 이곳을 폭주하던 승우. 그때 승우의 머리에 든 건 황금빛 찬란한 똥이었다. 승우조차 진심으로 인정하는 일이었다.

시간은 흘렀다.

그리고 태국행 게이트로 향하는 승우의 머리에는 이제, 똥 대신 사명감이 들어차 있었다.

민민의 조국 미얀마.

들뜬 희망을 가지고 찾아왔던 아버지의 나라에서 돌아가는 길.

그러나 이제는 혼이 된 민민……

창측 좌석에 앉은 승우는 오른쪽 손목을 쓰다듬었다.

비행기가 이륙했다. 안전 고도에 이르자 민민은 작은 창에 붙었다.

하늘, 하늘이었다.

죽은 자들이 올라가는 그 하늘……

여기서 민민을 풀어주면 어떻게 될까? 그러면 선령으로 구제를 받을 수 있을까?

민민을 두고 무속 책을 폈다. 한숨을 돌리고 보니 사무실에 이모에게 소포가 와 있었다. 그걸 개봉하니 무속책이 나왔다. 엄마가 생전에 아끼던 책이란다. 그렇잖아도 긴 비행 시간. 여러 모로 잘된 것 같아 지니고 왔다.

첫 장이 넘어갔다.

엄마 냄새가 났다.

무속의 역사는 길었다. 멀리 단군신화까지 거슬러 올라갔다.

부적은 도가(道家)의 비밀문서, 부적이란 신과 귀를 연계하는 신호……

승우의 시선은 저화, 즉 종이돈을 태우는 설명에서 멈췄다.

어린 시절, 엄마는 무신들에게 제를 올린 후에 돈을 태웠다. 그것도 한 장 한 장 정성껏 접어서……

왜 그래야 하는지 궁금했었다.

이렇게 탄 재는 들추지도 말아야 한다. 재가 흩어지면 신과 귀가 사용할 수 없기 때문. 다 신과 귀를 위한 일이었다.

두 번째 시선을 잡아끈 게 등가교환이었다. 한국 무속의 무신을 받아들이기 위해서는 무당의 인과가 필요하다는 뜻.

알고 보니 승우의 접신은 그 인과가 엄마였다. 엄마의 숭고한 희생……. 그로 말미암아 연결이 된 무신들. 돌아보니 엄마의 목숨과 사랑이 인과가 되었던 것이었다.

그건 민민도 같았다.

이미 죽은 민민. 그 민민을 영령으로나마 살려낸 게 바로 뮤뮤였다.

모성의 위대함!

그 위대함에 승우는 다시 한 번 전율을 느꼈다.

책장이 다 넘어가도 미얀마는 보이지 않았다.

기내식 후에 승우는 생각을 정리했다.

'묘민딴……'

친디에 의해 구속되어 있는 그의 영기…….

미얀마는 어떤 나라일까? 어떤 나라이기에 이토록 무속이 강한 걸까? 묘민딴의 악령을 생각하면 지금도 간이 철렁하지만, 그는 처벌이 필요했다.

그렇다고 승우가 그 피해자인 유경찬에게 면죄부를 주기 위해 이 길을 택한 건 아니었다. 그 또한 죄가 있었다. 교묘하게 빼돌린 회사 자금. 그 구린 돈은 누구에게 갔을까?

유경찬은 지금 식물인간에 다르지 않았다. 그 원인은 승우만이 알고 있다.

혼이 나간 인간.

의사들은 어쨌건 식물인간이라고 하겠지만 엄연히 다른 문제였다.

그렇기에 관련된 국회의원들은 쾌재를 부르고 있을지도 몰랐다. 그가 영영 깨어나지 않아 그들의 치부가 폭로되지 않기를 바랄 것이 분명했다.

승우는 유경찬과 묘민딴 양자의 기소를 원했다. 법률적인 기소가 불가능하다면 사회적, 그것도 아니면 양심적 기소까지 포함하는 의지였다.

아울러 부수적인 목적도 있었다.

우선은 표표의 상태를 확인해야 했다. 그녀의 상황이 어렵다면 어떻게든 도움을 주고 싶었다. 나아가 민민의 집… 그 또한 궁금하기는 마찬가지였다.

미얀마 상공에 들어서자 민민이 다시 유리창에 붙었다. 승우는 못 본 척했다. 아는 척한다고 해도 달리 해줄 게 없으므로.

다행히 환승에는 차질이 없었다.

다급한 스케줄 때문에 다닥다닥 붙여준 시간, 하나라도 삐끗하면 수포로 돌아갈 테지만 양곤까지 잘 이어졌다.

다만 양곤에서 바간 스케줄에 해프닝이 일었다.

보딩 패스를 받고 출국장에 들어선 승우, 출발 시간이 15분밖에 남지 않았는데 게이트가 탑승을 안 하는 게 아닌가?

'미얀마는 연발착이 밥 먹듯 일어난다더니……'

나수미가 챙겨준 자료를 상기한 승우는 고개를 갸웃거렸다. 그래도 한두 명은 게이트를 나가고 있었던 것이다. 혹시나 싶어 게이트로 향했다.

그랬더니 맙소사!

탑승은 이미 진행 중이었다. 하나둘 나가는 사람들이 탑승객인 모양이었다. 다행히 마지막 버스에 올라탔다.

맙소사는 한 번 더 반복되었다. 버스 앞에 버티고 선 건 여객기로 보기에는 너무 작았던 것이다.

"……!"

탑승한 승우는 또 한 번 입을 벌렸다. 비행기는 좌우 한 좌석씩뿐인 초소형이었다. 그나마 어찌나 낡았는지 안전이 걱정될 정도였다.

그래도 스튜어디스는 있었다. 영어도 할 줄 알았다. 아무튼 그 비행기는 바간행이 맞았다. 바간에서 손님을 내려주고 만달레이까지 간단다.

'허얼!'

생소한 상황에 한숨을 쉬며 안전띠를 맸다.

어쨌거나 비행기는 떴다. 그리고 바간에 닿았다.

"민민……."

바간 땅을 밟으며 민민에게 말했다.

"밍글라바!"

흐린 하늘 아래서 들은 민민의 목소리는 그 여느 때보다 밝았다. 또르르, 또르르……. 유리 위를 구른다.

"좋니?"

"네!"

민민이 밝게 대답했다. 승우는 한산한 공항을 나왔다.

"여긴 뉴 바간이고요 그 파고다는 올드 바간에 있습니다."

승용차를 가져온 가이드가 시동을 걸며 말했다.

바간은 조용했다. 높은 빌딩도 없었다.

"여기가 다운타운입니다."

가이드가 말했지만 그 비슷한 것도 보이지 않았다. 그냥 거리 양편에 이어진 식당과 낮은 집들, 띄엄띄엄 보이는 상점 몇 개… 그게 바간 다운타운의 전부였다.

"벽화가 있는 파고다입니다."

가이드가 차를 세운 곳은 텅 빈 들판이었다. 고개를 돌리니 수평선 여기저기로 꼬리를 무는 크고 작은 파고다들이 보였다. 드물게 관광객들의 오토바이나 지나가는 곳. 승우는 그 땅을 밟았다.

"나쁜 영기가 느껴져요."

땅거미가 내리는 바간 땅에서 민민이 말했다. 안쪽으로 이어지는 흙길을 따라 작은 파고다 하나가 눈에 들어왔다.

'확실하군.'

승우도 알았다. 제멋대로 뻗치며 성난 물결을 이루는 영기. 그 안에 묘민딴, 악령의 영기가 느껴졌다.

마침내 그곳에 온 것이다.

악마의 낫꺼도. 그의 통제구역에!

끼에에엑!

끄아아악!

혼란스러운 위세였다. 파고다를 둘러싸고 담장을 이룬 셀 수도 없는 영기, 온갖 불협화음을 이룬 음산함. 미얀마의 모든 잡령이 다 모인 것만 같았다.

"여긴 이상하게 으스스하다니까요. 외지고 그리 크지 않아 관광객이 잘 오지도 않지만……."

가이드는 몸부터 사렸다. 당연했다. 가공스러움은 좀 덜어지지만 겹겹으로 악몽을 이룬 영기들. 만약 가이드가 저걸 볼 수 있다면, 느낄 수 있다면, 그는 벌써 이 세상 사람이 아닐 수 있었다.

"민민……."

승우, 가이드가 사택 쪽으로 다가가자 민민을 불러냈다.

"네!"

"여기 청소 좀 해야겠지?"

"좋아요."

"네가? 내가?"

"우리나라니까 내가 할게요."

"괜찮겠어?"

"헤헷, 친디를 뭘로 보고 그래요? 미얀마에서는… 더구나 묘민딴이 죽었으니 이 따위 잡령들은 친디 갈기조차도 넘볼 수 없어요. 기껏해야 묘민딴의 보초거나 심부름꾼인걸요."

민민은 그새 친디를 꺼내 들었다.

우어엉!

황금빛 갈기를 세운 친디가 우렁찬 포효를 뽑았다. 굉장했다. 메아리를 이룬 그 위용은 평원의 대지를 끝까지 울려댔다.

"……!"

잡령들은 움직임을 멈췄다. 공기가 오싹 차가워졌다. 살귀, 걸귀, 색귀, 병귀, 액귀 등 온갖 잡동사니 잡령들은 숨을 죽였다.

"다 삼켜 버려. 파고다가 신성해지도록!"

민민의 명령을 받은 친디가 허공으로 날아올랐다.

끼에엑!

찢어지는 비명과 함께 잡령들은 친디의 목구멍으로 빨려들었다. 그러자 공기가 변하기 시작했다. 섬뜩한 느낌이 청량해지는 것이다.

그사이에 가이드가 중년의 남자를 데리고 나왔다.

"묘민딴 씨 아시죠?"

가이드가 미얀마어로 물었다.

"베두발레?"

누구요? 미얀마인은 불안한 기색을 감추지 못했다,

"한국의 폴리스라고 전해주십시오."

승우가 말했다.

"……!"

통역이 전해지자 남자는 움찔 물러섰다.

"묘민딴의 몸이 있는 곳을 말하라고 하세요."

가이드는 승우의 말을 전달했다. 남자는 뒷걸음질을 쳤다. 그러다 빠른 속도로 뛰었다. 대비를 하고 있던 승우가 남자를 덮쳤다. 삐쩍 골은 남자가 강하게 저항했지만 승우의 상대는 아니었다.

"묘민딴의 몸이 있는 곳을 말해!"

남자를 제압한 승우가 다그쳤다.

"……."

"말 안 해도 소용없어. 묘민딴은 혼으로 돌아왔으니까!"

계속해서 통역이 건너갔다. 승우와 가이드는 이미 오는 길에 입을 맞췄다. 뭐든 승우가 말하는 걸 그대로 전달하라고…….

"혼?"

남자는 그제야 와들와들 떨었다. 승우는 그를 파고다 쪽으로 끌고 갔다. 작은 파고다 입구는 낮았다. 그나마 철창문이 잠겨 있어 들어갈 수 없었다. 뒤쪽을 보니 조금 더 큰 파고다가 보였다. 그 문은 개방되어 있었다. 승우는 남자를 그 안으로 밀어 넣었다.

안에는 하얀 부처처럼 생긴 조각상이 두 개 있었다. 그 뒤로 세월에 닳아버린 벽화들이 보였다. 가이드가 보내준 사진에서 보던 것이다.

"낫꺼도냐고 물어보세요."

승우가 문 앞까지 따라온 가이드에게 전했다. 남자는 겁에 질린 채 고개를 끄덕거렸다.

"잠깐 밖에 계세요."

가이드를 뒤로 물린 승우, 후끈한 영력을 선보이며 남자의 기를 눌렀다. 간단한 통역은 민민이 있으니 문제가 없었다.

"나는 코리아 낫꺼도, 이 파고다를 지키는 잡령들은 신물 친디가 모두 청소했다."

발음이 어려웠지만 민민의 도움으로 쐐기를 박았다. 남자는 친디에 대해 알고 있는지 눈동자가 튀어나올 정도로 떨었다. 그는 영험한 낫꺼도까지는 아니지만 영력은 알아보았다. 위세에 눌린 남자가 넙죽 몸을 엎드렸다.

"민민······."

신호를 받은 민민이 친디를 불러냈다. 그리고 파고다 안에 묘민딴의 영기를 풀어놓았다.

"우어억!"

남자는 질겁을 하며 눈알을 뒤집었다.

"묘민딴의 몸, 어디 있나!"

이번에도 승우가 미얀마어로 말했다. 민민의 말을 따라한 것이다.

"이, 이쪽……."

남자는 더 항거할 생각이 없었다. 그는 다리 근육이 녹아내린 듯 걸음의 갈피를 잡지 못하고 걸었다.

사택은 남루했다. 문을 열자 지하로 내려가는 흙계단이 보였다.

"미얀마 경찰을 불러주세요."

승우는 가이드에게 부탁을 하고 남자의 등을 밀었다.

끼이이!

검은 나무로 된 문은 신음소리와 함께 열렸다. 남자는 거기서 멈췄다.

문은 안으로 하나가 더 있었다. 그 문 또한 검었다. 승우는 남자의 덜미를 잡아 안으로 구겨 넣었다. 보아하니 그 또한 공범, 행여 달아나기라도 한다면 수고를 더할 일이었다.

"……!"

동굴로 된 안으로 들어선 승우는 모골이 송연해지는 걸 느꼈다. 안과 밖의 느낌이 달랐다. 좁은 통로에 선 기괴한 조각상들 때문이었다.

조각상들…….

검고 흰 두 가지 색으로 쪼아진 상에서 한기가 우러나오고
있었다.

"악마의 조각이에요."

민민이 소리쳤다.

쎄에에!

그와 동시에 조각상에서 사나운 파동이 음파를 이루며 밀
려나왔다.

"피해요. 악의 족쇄 같아요!"

민민이 소리치는 순간, 승우는 영력을 밀어 방어해 냈다. 악
의 파동과 승우의 영력은 한가운데서 팽팽하게 맞섰다.

신의 분노와 악마의 교활함, 두 개의 세력은 불꽃을 튕기며
으르렁거렸다.

"와아앗!"

승우는 한 번 더 태을신장의 신력을 작렬시켰다. 그러자 영
력이 기세를 올리며 악의 파동을 밀어냈다.

퍼엉!

영력은 결국 조각상을 직격했다. 그제야 사음한 한기가 완
전히 멈췄다.

"아저씨, 최고!"

민민이 엄지를 세우는 걸 보며 남자를 쏘아보았다.

"열어!"

승우가 민민의 통역을 빌어 말했다. 남자는 몸을 떠느라 어쩌지도 못하고 있었다.

"열라고!"

그대로 엉덩짝을 내질렀다. 남자는 두 번이나 열쇠를 떨어뜨린 후에야 겨우 돌문을 밀었다.

끼이이!

문 열리는 소리는 한없이 사음했다. 나아가 그 틈을 비집고 나오는 영기들도 미치도록 음산했다.

"불!"

승우가 남자를 윽박질렀다. 남자는 비실비실 걸어가 촛대에 불을 밝혔다. 어둠에 묻혀 있던 동굴 안이 비로소 맨살을 드러내기 시작했다.

'으헉!'

승우는 자지러졌다. 벽에 걸린 시체들 때문이었다. 처음에는 무슨 짐승의 가죽인 줄 알았다. 하지만 자세히 보니 미라처럼 말라 버린 사람이었다. 여자 둘과 남자 둘… 넷 다 젊은 미얀마인들이었다.

"맙소사, 다 가죽을 벗기고 심장을 도려냈어요."

민민의 목소리가 떨었다.

"그대로 둬."

남자가 시신에 손을 대려하자 승우가 떠밀었다.

현장 보존. 그건 미얀마라고 예외가 될 수 없었다.

"묘민딴은 저기 있어요."

아련한 촛불을 따라 민민이 소리쳤다.

묘민딴, 그의 몸은 동굴 끝의 제단 위에 있었다.

'맙소사!'

제단으로 다가간 승우는 한 번 더 경악했다. 검은 나무 받침대 위에 누워 있는 묘민딴……. 그 받침 위에 깔린 게 바로 사람의 가죽이었던 것이다.

"받침은 온갖 영기를 두른 샴펙나무예요."

샴펙나무. 승우가 가지고 있는 그 신물 코끼리들을 담은 목곽과 같은 재질.

묘민딴은 그 나무와 가엾은 사람들의 영력을 모아 탈혼을 이룬 모양이었다. 고개를 돌려 벽을 보았다. 검고 흰 그림과 문양이 가득했다. 문양마다 피떡이 가득했다.

"피에스이디 낫을 부르는 주술문 같아요."

다행히 민민이 그걸 알아보았다.

그 밖에도 주변에는 기괴한 물건들이 많았다. 고대의 파고다 아래에 뚫린 기묘한 동굴. 묘민딴은 이 안에서 악마가 되었고, 악마의 힘을 키운 것 같았다.

"그놈 영기를 꺼내자."

승우의 신호를 받은 민민이 친디를 불러내 갈기를 쓰다듬었다.

절벽!

소리는 없이, 단지 그런 느낌으로 영기가 쏟아져 나왔다.

"우워어!"

묘민딴의 영기를 본 남자가 다시 자지러지기 시작했다. 주인의 최후. 그건 완전한 절망 그 자체였다. 그사이에 친디가 영기를 물어 묘민딴의 육체 위에 올려놓았다.

"어떻게 하는 거지?"

승우가 민민을 바라보았다. 민민은 고개를 남자에게 돌렸다. 따라서 승우의 고개도 그쪽으로 돌아갔다.

"자정이 되면… 그믐밤이 깊어 가면……."

다닥따닥!

아래위 이빨 부딪치는 소리 틈새로 밀려나온 남자의 말은 민민에 의해 승우에게 전달되었다.

그런데…….

"……!"

거기서 기겁을 하는 승우. 시간이 어느 새 자정을 훌쩍 지나 새벽 2시를 넘었지 않은가?

"그건 코리아 시간이잖아요?"

옆으로 다가온 민민이 시계 위에서 파닥거렸다. 승우, 천장이 무너져라 안도의 숨을 쉬었다. 2시간 반이라는 시차를 깜

빡한 것이다. 시계 돌리는 걸 잊은 것이다.

자정 15분 전.

초침을 바라보는 것도 유쾌하지는 않았다.

"정각이에요!"

민민이 소리치는 순간, 영기는 묘민딴의 입안으로 미끄러지듯 들어가 버렸다. 그리고 10여 분이 지났을까? 군데군데 삶의 흔적이 돌아나면서 몸이 꿈틀거리기 시작했다.

"……!"

마침내 그가 눈을 떴다. 하지만 별다른 일은 일어나지 않았다. 겨우 숨결만 남은 영기로 육체를 찾은 묘민딴. 영혼의 힘이 다한 상태이기에 육체 또한 무기력할 수밖에 없었다.

"주인님!"

남자가 다가가 오열을 했다.

미얀마 경찰이 도착했다.

"으어억!"

요란한 랜턴을 들고 동굴에 들어선 그들은 엉덩방아를 찧으며 비명을 질렀다. 네 사람의 참상 때문이었다.

"우엑!"

그중 둘은 오물을 뿜으며 밖으로 뛰었다. 오줌을 지린 사람도 있었다.

"이런 미친……."

겨우 마음을 진정시킨 미얀마 경찰 간부는 손수건으로 입을 막은 채 분노를 뿜었다.

"이자가 한국인을 위해하고 아신 마웅 님의 파고다를 부셨다고요?"

경찰 간부가 승우의 신분증을 확인하며 물었다. 검찰청에서 보낸 수사협조문이 잘 도착한 모양이었다. 미얀마와의 공조는 아주 드문 일. 그러나 그들 입장에서는 강력범을 주워 먹는 꼴이므로 협조하지 않을 이유가 없었다.

"당신 몸뚱이를 찾게 해주었으니 설명하시지!"

승우는 가이드를 통해 묘민딴에게 말했다. 죽음을 코앞에 둔 묘민딴은 순순히 입을 열었다.

"내가 저지른 거 맞소."

낮지만 작은 목소리… 사악한 욕망으로 불타던 낮꺼도의 자백은 계속 이어졌다.

"저들 넷… 그리고 이 바닥을 파면 더 많은 사람이 있소. 뽀빠산의 위대한 낮꺼도로 불리는 아신 마웅의 파고다를 무너뜨린 것도 나고 그걸 지키던 여자를 죽게 했소. 그리고… 여기 온 한국인의 혼을 뺏었습니다. 그 이름은 유경찬……."

"허어!"

간부는 몇 번이고 휘청거렸다.

"미얀마에서도 이런 일은 전례가 없답니다. 대다수 낫꺼도들이 주민과 이웃의 존경을 받으며 그들의 아픔을 달래는 일을 하는데 이렇게 사악한 자는 처음이라는군요. 이런 자는 낫꺼도가 아니라고⋯⋯."

가이드가 간부의 소회를 전해왔다.

욕망의 포로가 된 돌연변이⋯⋯.

그러고 보면 못된 욕망을 잃는 사람은 어느 국가에나 존재하는 모양이었다. 그사이에 경찰 몇이 동굴로 내려왔다.

"창고에서 이런 게 나왔습니다."

그들이 간부에게 내민 건 유경찬의 가방이었다. 그걸 쏟자 안에서 기밀장부가 나왔다. 유경찬의 비리와 횡령을 밝힐 수 있는 증거들이었다.

"쿠잉 뿌 빠 쿠잉 홀릇 빠⋯⋯."

묘민딴은 마지막 속죄를 남기고 숨이 넘어갔다.

"미안하다고⋯⋯. 희생자들 모두에게 용서를 빈답니다."

가이드가 통역을 건네 왔지만 승우는 그보다 먼저 알아들었다. 민민이 있었기 때문이었다.

묘민딴을 도왔던 남자는 현장에서 체포되었다. 묘민딴의 시신은 압송되고 현지 경찰은 시체 발굴 작업에 착수했다.

"숙소는 저희가 제공하겠습니다."

사건이 밝혀지자 간부가 승우에게 말했다. 승우는 민민을 돌아보았다. 민민의 시선은 저 먼 뽀빠산으로 향하고 있었다.

뽀빠산. 바간에서는 차로 고작 한 시간 거리였지만 새벽 한 시를 넘었으니 간부의 말을 뿌리칠 수 없었다. 더구나 유경찬의 가방을 돌려받아야 할 처지였다.

"민민……"

조금만, 조금만 참자.

승우가 눈으로 말했다.

착한 민민, 승우의 말을 듣더니 꾸벅 고개를 숙이고는 손목으로 돌아갔다.

현장부터 확인하라!

미얀마 경찰도 그 원칙에 충실했다. 날이 새자 서장에게 보고를 마친 간부는 파고다 현장을 둘러보았다. 파고다 앞에는 기자들이 장사진을 이루었다.

네 명의 젊은 남녀를 엽기적으로 죽이고 위대한 낫꺼도의 유적을 폐허로 만든 미치광이 사이비 낫꺼도. 가죽 일부가 벗겨진 채 말라 버린 희생자들과 끝없이 발굴되는 백골을 본 기자들은 경악을 금치 못했다.

승우를 태운 경찰 간부는 차를 뽀빠산으로 몰았다. 묘민만을 수행하던 공범도 동행했다. 승우의 가이드도 그 뒤를 따랐다.

"민민."

뒷좌석에서 승우가 나지막이 속삭였다.

"네."

민민이 대답했다.

"걱정이 되어서……."

"괜찮아요. 범인을 잡았으니까요."

민민이 대견하게 대답했다.

무너진 집으로 가는 길은 어쩌면 어린 민민에게 가혹한 일일 수 있었다. 민민의 입장에서 보면 모든 게 사라진 것이다.

엄마도… 집도… 할아버지의 파고다도…….

그리고 나머지 하나는 그냥 안으로 넘겼다. 미얀마를 떠날 때 품었을 가장 큰 희망. 그건 다시 꺼내기도 싫은 상상이었다.

가는 길에는 제법 인파가 보였다. 거리의 노점상들도 꽤 많았다. 바간보다는 이쪽이 더 번화한 모양이었다. 그대로 산자락을 끼고 돌자, 저만치 홀로 솟구친 뽀빠산이 보였다. 그리고 그 정상에는 황금빛 파고다가 위용을 자랑하고 있었다.

"보이니?"

승우가 물었다.

"네……."

민민은 승우의 어깨 위에 있었다. 산자락을 넘을 때부터 나와 있는 걸 승우는 알고 있었다. 그래도 내색하지 않았다. 이제부터는 뭐든 민민에게 맡길 참이었다. 산 사람은 아니지만 민민, 그만한 권리는 있었다. 그만한 자격이 있었다.

"다 왔네요."

조금 더 달리자 가이드가 말했다. 차에서 내리니 뽀빠산이 가까이로 올려다 보였다. 그사이에 민민은 환한 햇빛을 뚫고 날았다. 그리던 고향 집. 그 마음은 창창한 햇빛도 막지 못하는 모양이었다.

"신기하군요."

가이드가 말했다.

뒷 설명을 듣지 않았더라면 한 대 패버릴 수도 있었다. 온통 무너져 폐허를 방불케 하는 광경을 보고 신기하다니? 하지만 이어지는 설명을 들으니 고개가 끄덕여졌다.

"보세요. 파고다 조각들… 완전히 무너졌는데도 조각 원형은 그대로예요. 다시 맞추기만 하면 될 것 같잖아요?"

분노가 안도로 바뀌는 순간이었다. 신기하게도 파고다는 '무너졌을' 뿐이었다.

결계!

표표의 말이 떠올랐다. 묘민딴이 무너뜨린 건 파고다가 아니었다. 민민의 할아버지가 걸어둔 영적 힘의 균형을 깬 것이다. 파고다는 그래서 무너졌다. 물리적인 힘과 다른 영적인 힘……

　그건 부처의 머리카락이 균형을 잡아준다는 황금돌탑 짜익티요 파고다의 원리와도 같았다. 돌탑을 무너뜨리려면 물리력이 아니라 머리카락의 균형을 깨야하는 것이다.

　남자는 사건 당일 일어난 일을 경찰에게 고했다.

　그사이에도 민민은 파고다 조각의 곳곳을 돌았다. 그리고도 모자라 폭싹 주저앉은 집 안을 서성거렸다. 뮤뮤의 체취를 맡는 걸까? 살아생전의 자기를 만나는 걸까?

　승우는 구석진 자리에 엉덩이를 붙였다.

　여기는 민민의 집. 그가 뛰어놀고 웃었을 집……

　그렇게 생각하니 아무 데고 가릴 게 없었다.

　조사를 마친 간부가 어디론가 전화를 걸었다. 그런 다음 승우에게 다가와 유경찬의 가방을 내밀었다.

　"우리 쪽 조사는 끝났습니다. 공범인 떼잉이 범행 일체를 자백했고 병원으로 간 직원이 여기 살던 피해자 표표에게 진술을 들었답니다. 한국인 피해자 상황은 어떻습니까?"

　간부가 물었다.

　"유경찬의 상황은 식물인간이라고 전해주시죠. 앞으로 평생을 그렇게 살 거라고……"

　승우가 가이드에게 말했다.

　"죄명에 추가하겠습니다. 아, 그리고 병원에 간 직원이 전하

는 말인데, 거기 입원한 표표가 당신을 볼 수 있기를 희망한
다더군요."

표표!

유경찬의 가방을 확보한 승우, 묘민딴의 일을 마무리했으니
남은 건 그녀를 만나는 일이었다.

"민민……."

내려앉은 집으로 걸어간 승우가 민민을 불렀다. 민민은 샘
물가에 있었다. 거기 깨진 액자가 두 개 보였다. 사진은 보이
지 않았다. 그 안에 든 사진이라도 기억하는 걸까? 승우는 가
만히 손을 내밀었다. 파르르 떨던 민민이 손으로 옮겨왔다.

"힘내!"

승우는 손목을 당겨 가만히 속삭여 주었다. 해줄 수 있는
게 그것뿐이라는 게 좀 속상했다.

돈도, 권력도, 지위도 소용이 없는 이 아이. 민민…….

"밍글라바……."

승우는 무너진 돌탑을 향해 괜한 말을 중얼거렸다.

*　　　　*　　　　*

흙먼지 나는 길에서 미얀마 경찰과 갈라졌다. 가이드가 병
원을 알기 때문이었다. 표표가 입원한 병원은 옛날 우리나라

의 보건소보다 조금 큰 건물이었다.

낡은 2층의 건물은 병원으로 보이지 않았다. 사람도 크게 붐비지 않았다. 아직 미얀마는 가난한 나라. 조금 아프면 참아버리는 게 관행인 까닭이었다.

"디백꼬 좌 바!"

승우가 들어서자 간호사가 안으로 걸었다.

"저쪽으로 오라는군요."

가이드의 통역을 따라 복도를 걸었다. 내부는 70년대 영화 속을 거니는 기분이었다.

끼이이!

낡은 경첩이 신음을 내는 동안 병실 안이 천천히 드러났다.

'표표……'

승우의 눈이 창가에서 멈췄다. 거기 표표가 있었다.

"검사님!"

표표는 한눈에 승우를 알아보았다.

"밍글라바!"

인간은 써먹기 위해 배운다. 승우는 미얀마식으로 인사를 건넸다. 그런데,

"안녕하세요?"

표표는 한국어로 대답했다.

"저는 밖에 있겠습니다."

문 앞에서 가이드가 말했다. 승우는 손을 들어 화답했다.

"괜찮아?"

승우가 물었다. 바랜 환자복의 표표. 좋은 일로 만났던 관계는 아니지만 안면이 있었으니 친근감이 들었다. 더구나 이역만리 미얀마 땅이 아닌가?

"많이 나았어요."

표표의 눈은 승우의 손목으로 향했다. 왜 아닐까? 사실, 그녀가 궁금한 건 승우가 아니라 민민이었을 것이다.

"민민은 잘 있어. 보여?"

승우는 손목을 들어 보였다. 민민이 그 위에 서 있기 때문이었다.

"민민……."

그녀가 가만히 손을 내밀었다. 그러자 민민이 사뿐 날아올라 그녀의 손으로 올라갔다.

"민민……."

표표의 눈에 눈물이 고였다. 민민을 보지는 못하는 표표. 그러나 느낄 수는 있다던 그녀…….

"미안해. 아신 마웅 님의 파고다를 지키지 못했어……."

민민의 빛을 끌어안은 표표가 울먹이기 시작했다.

"괜찮아."

민민이 말했다.

그녀에게 들릴 리 없다.

"내가 막으려고 했는데… 악령의 힘이 너무 강했어."

"나도 알아. 우리도 애먹었는걸……."

"용서해 줘."

"아저씨!"

거기기 민민이 승우를 바라보았다. 통역을 원하는 모양이었
다.

"민민이 괜찮대. 이해한다고 울지 말라는데?"

승우, 민민의 마음을 헤아리고 할 말을 대신 건네주었다.

"아니에요. 그게 어떻게 이룬 건데요. 아씨도 나만 믿었을
텐데……."

"민민은 탓하지 않아. 뮤뮤도 그럴 거야."

승우는 조용히 설명을 이었다.

"민민도 거길 봤나요?"

표표가 고개를 들었다. 이미 미얀마 경찰이 다녀갔으니 모
든 설명을 들었을 일이었다.

승우는 담담하게 말을 이어갔다.

"민민은 대견했어. 그러니까 표표도 힘내……."

"울지… 않았나요?"

"응!"

"정말이죠?"

"그렇다니까."

"다행이네요."

"표표……."

민민은 표표의 눈물을 닦아주고 싶은지 늘어진 환자복 소매 깃을 잡아당겼다. 하지만 그게 올라올 리 없었다. 보고 있던 승우가 대신 그 일을 해주었다.

"민민이 표표 눈물을 닦아주고 싶어 해."

"고마워요."

표표의 눈에서 콩알만 한 눈물이 거듭 떨어졌다.

"범인 잡았다는 얘기는 들었지?"

"네. 당신… 최고네요."

"뭘!"

승우는 어깨를 으쓱해 보였다.

"걱정했어요. 이 낫꺼도의 힘이 너무 세서. 혹시라도 당신이 아신 마웅 님의 목곽을 뺏길까 봐……."

그러면 민민이 영영 악령으로 남을까 봐…….

승우는 표표의 우려를 잘 알고 있었다. 그 우려를 불식하기 위해 슬쩍 태을신장의 공력을 뿜어냈다.

"어머!"

놀란 표표가 뒤로 물러섰다.

"당신……."

"그래. 이제 민민 지킬 정도는 되니까 걱정할 거 없어. 어떤 악령이 오더라도……."

"아씨……."

웃어야 할 표표가 또 눈물을 떨어뜨렸다. 이유는 다음에 나왔다.

"역시 아씨답군요. 이분을 선택한 거, 결국 다 알고 계셨던 거예요."

표표가 우는 사이에 민민이 승우에게 날아왔다. 승우는 민민의 어깨를 톡톡 두드려 주었다. 제법 아빠를 닮은 미소와 함께…….

"고마워요. 제 치료비에 사악한 낫꺼도까지 물리쳐 주셔서……."

"뭘."

"민민……."

눈물을 거둔 표표가 당찬 표정으로 민민을 바라보았다.

"파고다와 집은 걱정하지 마. 거의 다 나았으니까 내가 다시 세울게. 다행히 파고다들이 우르르 무너지기만 해서 복구가 가능할 것 같아."

"응, 표표는 잘할 거야."

"사람들이 그랬어. 아신 마웅 님의 위대함이 파고다에 배어 있기 때문이라고. 그렇지 않으면 그렇게 무탈하게 무너질 수 없다고······."

"응. 우리 할아버지······."

"그러니까 걱정 말고 이 아저씨랑 돌아가. 여긴 나한테 맡기고······."

"응!"

"표표가 약속할게. 꼭··· 꼭 전하고 똑같이 만들어놓겠다고······."

"응······."

"약속!"

표표, 새끼손가락을 내밀었다. 폴짝 날아오른 민민은 거기에 자기 손을 걸었다.

"지금 민민이 자기 손을 걸고 있어."

승우가 중계를 해주었다.

"고마워요."

표표가 고개를 들었다. 눈물이 배었지만 마침내 당당한 그녀. 이제야 깊은 충격에서 벗어나는 표정이었다.

촤라락!

돈이 나왔다. 미얀마도 ATM은 가능했지만 희생이 컸다. 회당 최대 인출 금액이 30만 원뿐. 거기에 회당 인출 수수료가 장난이 아니었다. 승우는 인출한 돈을 공항에 나온 한인회 총무에게 건넸다. 그가 빌려준 표표의 병원비였다.

"협조해 주셔서 고맙습니다."

승우는 인사를 잊지 않았다.

"별말씀을… 덕분에 미얀마 경찰에서도 고마워하더군요. 네 건의 미제 사건을 해결했다고."

네 건의 미제 사건. 처참하게 희생된 네 명의 젊은이들을 말하는 모양이었다.

"그럼 다음에 또……."

승우는 인사를 남기고 양곤행 비행기에 올랐다.

마음의 여유가 생겨서일까?

양곤 공항 이곳저곳이 눈에 들어왔다. 면세점도 하나뿐이었다. 아니, 두 개라고 할 수 있겠지만 뒤쪽의 것은 공식적으로 보이지 않았다.

2번 게이트 앞으로 온 승우는 유경찬의 가방을 열었다. 시간이 많으니 검토할 여지가 생긴 것이다.

"……!"

서류를 보던 승우의 손이 파르르 떨었다.

뇌물 명단…….

추측하던 일이 사실로 드러나는 순간이었다. 유경찬이 빼돌린 서류 뒤쪽에서 정관계에 먹인 뇌물 명단이 나온 것이다. 그중에서 압도적인 건 한성범 의원이었다.

그는 여당의 간판이자 중진 국회의원. 거기 씌여진 숫자는 놀랍게도 30억 플러스 8억이었다.

38억. 초대박!

혀를 내두를 액수였다.

그렇다고 야당 의원들이 깨끗한 것도 아니었다. 액수는 그보다 작았지만 골고루 혜택(?)을 보시고 있었다. 손이 떨렸다.

국회의원들의 부패 때문이 아니라 자기 자신 때문이었다.

'도둑이 제 집 도둑맞는 꼴은 눈 뜨고 못 본다.'

'바람둥이 제 계집 서방질하는 꼴은 못 본다.'

그런 옛말이 있다.

다행히 메모에는 뇌물을 건넨 날짜와 장소까지 있었다. 빼도 박도 못할 물증인 것이다.

가만히 서류를 덮었다.

유경찬은 그들 의원들에게 빠라끌리또였다. 부르면 달려가고 손 벌리면 돈을 쥐어주는. 그러나 바꿔 말하면 국회의원들도 유경찬에게 빠라끌리또였다. 먹인 만큼 뒤를 봐주는 것. 그건 보이지 않는 묵계였을 것이다. 그러고 보니 그 또한 등가교환과 유사한 관계였다.

신성한 일에도, 추잡한 거래에도 등가교환은 존재했다.

'하긴……'

승우, 마음을 달래서 민민을 바라보았다. 민민 역시 빠라끌리또다. 승우가 추잡한 빠라끌리또 모두를 정리하고 받아들인 단 하나의 빠라끌리또…….

'그들처럼…….'

정리해야지!

승우는 눈빛을 세우고 비행기에 탑승했다. 올 때와는 달리, 갈 때는 대한항공이었다.

*   *   *

"송 검사님!"

이른 새벽, 공항에 나온 사람들이 있었다. 나수미와 차도형이었다.

"왜 나왔어?"

승우는 반가움을 숨기고 물었다.

"선물은요?"

차도형이 뻔뻔스럽게 물었다.

"아, 내가 관광 갔어?"

"아, 그래도 그렇지. 하다 못해 열쇠고리라도 사 오셨어야죠?"

"미얀마 열쇠고리가 유명해?"

"예? 거기 뭐가 유명하지?"

허를 찔린 차도형이 나수미를 바라보았다.

"치마처럼 보이는 론지?"

나수미가 대답했다.

"다시 가서 하나 사다줘?"

"아, 진짜… 됐습니다. 새벽 댓바람부터 마누라 눈치 보고 나왔는데…….."

"양 부장님은?"

"많이 좋아졌습니다."

"그럼 병원으로 가자고."

"지금 당장요?"

"아니면? 누가 우리 대신 수사해 줘?"

"알았습니다. 운전은 제가 할 테니 키 주세요. 내 차는 나 수사관이 좀 몰아."

차도형이 나수미를 보며 소리쳤다.

"가신 일은요?"

주차장을 나오면서 차도형이 물었다.

"이거 밝혀지면 정국이 좀 시끄러울 거야."

조수석의 승우가 유경찬의 가방을 들어 보였다.

"빼돌린 서류를 찾으셨군요."

"그래."

"쇼크에 관한 건요?"

"유경찬이 미얀마에서 광인을 만난 모양이야. 그때 불가사의한 일이 일어난 거 같아."

"광인이라고요?"

"유경찬의 동선과 미얀마 청년이 준 단서를 가지고 접촉한 사람을 만났는데 그가 엽기 살인범이었어. 미얀마 사람들을 잡아다 가죽을 벗겨 말려놓았더라고."

끼아악!

차가 별안간 급정거를 했다. 놀란 차도형이 급브레이크를 밟은 것이다.

"뭐예요?"

앞쪽에 차를 세운 나수미가 달려왔다.

"별일 아니야. 출발해."

승우는 나수미를 앞 차로 돌려보냈다.

"으아, 사람 껍질을 벗겼단 말입니까?"

"그래."

"설마 산 채로 벗긴 건 아니겠죠?"

"……"

승우는 대답하지 않았다. 그건 승우도 모르는 일이었다.

"아무튼 그 불가사의한 광인이 어떤 최면을 건 거 같아. 그 최면이 너무 강해 형사와 양 부장님이 쇼크를 일으킨 거고……"

"그게 말이……."

차도형이 승우를 돌아보다 입을 닫았다. 한 마리의 야수처럼 승우를 공격했던 유경찬. 그건 모텔 주인과 행인, 석 반장까지도 목격한 일이었다.

"인간이 아니었어."

그 말까지 들은 차도형이었기에 더 할 말이 없었다.

"미얀마에서 신문기사 나오면 보내주기로 했으니 궁금한 거 있으면 그거 읽어봐. 나도 더 설명할 자신 없으니까."

"검사님, 제가 미얀마 신문 읽을 줄 알면 이러고 있겠습니까?"

"아니면 유경찬 의식이 돌아오면 물어보든가."

"의식이 돌아오는 방법도 알아냈습니까?"

"아니!"

승우는 고개를 저었다.

질문에 대한 대답은 오는 길에 정리해 두었다. 하지만 유경찬에 대한 건 대책이 없었다. 묘민딴에 의해 탈혼된 유경찬. 그 먼 곳에서 길을 잃은 혼이 과연 돌아올 수 있을까?

"……!"

병실의 양 부장은 승우가 내민 가방의 서류를 보더니 숨도 쉬지 못했다.

"이, 이것……."

현저하게 차도가 돌아왔지만 다시 악화되기라도 한 듯 파랗게 질리는 양 부장…….

"이걸 미얀마에서 찾아왔다고?"

"예!"

상체를 바짝 일으킨 그가 물었다. 차도형 말대로 이제는 회복세가 완연했다.

"자네도 보았나?"

"예……."

"허어!"

양 부장이 낭패한 표정을 지었다.

"그동안 제가 부장님을 대신해 수사 지원을 하고 있던 거 알고 계시죠?"

"그야 진작 들었네만……."

"갑자기 사안이 긴박하게 돌아가는 바람에 뵙지도 못하고 수사를 진행하게 되었습니다."

"유경찬이 자네를 공격했다는 말은 들었네. 그러다 쓰러져 식물인간이 되었고……."

"직접 발표하시겠습니까?"

아니면 내가 하죠!

승우는 눈으로 그렇게 배팅하고 있었다.

"생각할 시간을 주시게."

"안 됩니다."

"안 돼?"

양 부장이 고개를 들었다.

"유경찬과 그 주변의 비리 관련자들… 그 욕심 때문에 이 형사가 죽었습니다. 아니, 김 수사관과 부장님도 죽었다가 살 아났지요."

"……."

"혹시 깊이 관여되신 겁니까?"

나?

양 부장이 눈으로 물었다. 승우는 그 눈을 지그시 바라보 기만 했다.

"그건 아닐세. 지인을 통해 사건에 대해 문의가 왔던 것 뿐……."

다행이군.

승우는 안으로 중얼거렸다. 양 부장이 한성범 측근이라면 곤란해질 수도 있었다. 못된 빠라끌리또들은 이럴 때 의리를 찾는다. 그건 승우가 누구보다 잘 알았다. 하지만 양 부장의 표정은 거기까지는 아니었다. 그렇다면 갈아엎을 수 있는 일 이었다.

"그럼 부탁드립니다."

승우는 정중한 묵례로 양 부장을 닦아세웠다.

"……."

"부장님!"

"별수 없군. 기자들 불러주시게. 퇴원 기념으로 한 방 터뜨리는 수밖에!"

양 부장이 웃었다. 결단을 내린 것이다.

3장

나 말고 내 동생

"으아악! 누가 이거 번역할 줄 아는 사람?"

이메일 이미지로 들어온 미얀마 신문을 본 차도형이 비명을 질렀다. 신문지에 내린 싸리눈 폭설. 출력된 신문에는 동글동글 동그라미가 지천이었다. 미얀마어… 대충 보면 작은 동그라미로 보이기 때문이었다.

"사람 수십 명을 죽인 사이코 낫꺼도가 잡혔다는 내용인데요?"

권오길이 출력물을 집어 들고 너스레를 떨었다.

"어이구, 미얀마어 전문가 나섰네. 그럼 그 아래 기사는 뭔데?"

차도형이 그냥 넘어갈 리 없다.

"이건… 미얀마의 소중한 문화유산 파고다를 보존하자, 그런 겁니다."

"물어본 내가 잘못이지. 이리 내."

차도형은 결국 출력물을 뺏어 들었다.

화기애애한 실랑이를 보며 승우는 커피를 넘겼다.

많은 일이 지나갔다.

간부들의 치사도 많이 들었다.

그날, 양 부장은 그길로 기자회견을 했다. 병실에서 발표한 유경찬 커넥션의 파장은 엄청났다. 병원이라는 장소의 극적인 효과 덕도 보았다.

―미얀마에서 초능력을 배운 유경찬, 수사관들을 공격하다 식물인간이 됨.

―유경찬에게 초능력을 전수해 준 미얀마 무속인은 광기의 살인마.

―그 이면에는 살인마보다 충격적인 정치권과의 검은 뒷거래가 있음이 드러남.

―간판 국회의원 한성범, 뇌물수수 극구 부인. 관련시 의원직 건다.

—미얀마까지 달려가 사건을 해결하고 증거를 찾아온 젊은 검사에게 박수를.

언론은 다섯 가지 주요 아이템을 놓고 끝없는 기사 재생산을 하고 있었다.

어제 오후부터 출근한 양 부장은 뜨거운 홍역을 치루고 있었다. 그래도 그의 맷집은 보기보다 나았다. 정치권의 압력에 대해 맞불을 놓아버린 것. 여론이 비등해지자 정치권은 꼬리를 사렸다.

"소환에 적극 응해 결백을 밝히겠다!"

정치가들의 전략이 바뀌었다.

옆에서 보니 그만한 가관이 없었다.

그들은 절대 인정하지 않는다. 시간을 벌면서 빠져나갈 궁리를 한다. 그래도 안 되면 권력이나 지인을 통해 누른다. 그게 그들의 수순이었다.

물론 승우도 언론에서 자유롭지 않았다. 어제만 해도 세 번이나 인터뷰 요청이 있었다. 그걸 모아 한자리에서 인터뷰에 응했다. 승우가 허락한 시간은 10분이었다.

퇴마검사! 심령검사!

그 자리에서 원래 있던 무속전문검사에서 두 가지 닉네임이 더 붙었다. 그때 기자들은 이미 미얀마 신문을 참조하고 온 상황이었다.

"미얀마 낫꺼도는 파고다를 이용했지만 사랑하지는 않았습니다. 우리 정치인들도 국민이라는 숭고한 이름을 이용만 하지 말고 사랑해 주면 좋겠습니다."

승우는 마무리는 그것이었다.

"검사님……."

커피를 다 마셨을 때 유 계장이 다가왔다.

"네?"

"미제 사건 전담 말입니다. 그거 아무래도 좀 늦어지지 않겠습니까?"

"그럴 것 같군요."

승우는 공감했다. 미제 사건 역시 어떤 측면에서는 정치적인 판단. 그런데 정치권이 이 모양인 데야 높은 곳에 계신 분 정신이 산란하지 않을 수 없는 일이었다.

"이번 참에 소소한 사건들 정리하면서 좀 쉬시죠. 아직 미얀마 시차도 완전히 극복하지 못했을 텐데……."

2시간 반의 시차. 별것 아닌 것 같지만, 별것이었다.

"괜찮습니다."

승우는 웃음으로 때웠다. 이제는 화려한 접대나 향응보다 사무실에 있는 게 더 편한 승우였다. 그때 승우 앞의 전화기가 울렸다.

"네, 송승우입니다."

전화를 받자,

─아저씨!

도레미파 솔솔솔, 높은 음의 낯익은 목소리가 흘러나왔다. 이렇게 당돌한 아이는 승우 주변에 딱 한 명뿐이다.

"규리?"

─네. 민민 잘 있죠?

규리는 민민의 안부부터 물었다. 슬쩍 손목을 바라보는 승우. 그런데 민민은 잠든 모습이다. 미얀마 여독이 안 풀린 걸까?

"물론이지. 그런데 왜?"

─아저씨, 저 경찰에 잡혀 있어요.

"응?"

승우는 귀를 의심했다. 규리가 경찰에 잡혀 있다니? 그 아이는 이제 여섯 살. 설령 죄를 지었다고 해도 벌을 받을 나이가 아니었다.

"왜?"

승우가 물었다. 그렇다고 장난을 칠 규리는 아니기 때문이었다.

　─점 본 거 때문에요.

　"점이 왜?"

　─몰라요. 제가 진실을 말해줬는데도 경찰 아저씨들이 안 믿어요. 오히려 저를 막 혼내는 거 있죠?

　"천천히 말해 봐. 무슨 일인데?"

　승우는 수화기 쥔 손을 바꾸었다.

　─다섯 살 아이요, 죽었어요. 어둡고 축축한 구멍에서 울고 있어요. 그런데 경찰 아저씨들이……

　'죽어?'

　─나보고 쓸데없는 소리하면 감옥에 간다고 야단만 쳐요. 그 애가 운다고요. 진짜라니까요.

　"꺼내달라고?"

　─아뇨.

　"그럼?"

　─나 말고 내 동생……

　"동생?"

　─동생을 살려달래요!

　나 말고, 내 동생?

　규리의 말은 허튼 게 아니었다.

규리가 있다는 경찰서에 전화를 건 승우는 놀라운 소식을 알게 되었다.

약 열흘 전, 서울과 인접한 수도권의 시 경찰서에서 의문의 사건이 발생했다.

다섯 살 난 배다경 실종.

실종 두 시간여 후 배다경 엄마 돌연사.

배다경은 아직 신원을 찾지 못했고 배다경의 엄마 조은하는 부검 결과 사인 불명으로 나왔다.

경찰이 설명한 상황은 이랬다.

조은하는 점심시간 직후에 동네 시장으로 갔다. 배다경은 집에 남겨두었다. 가까운 곳에 사는 할머니가 주민센터의 노래교실이 끝나는 대로 와서 보기로 약속이 되었던 것.

몇 시간 후, 조은하가 돌아와 보니 딸이 보이지 않았다. 할머니가 데리고 나갔나 싶어 쉬고 있었다. 그때 할머니가 돌아왔다. 혼자였다.

"노래교실이 좀 늦게 끝났어, 미안해."

할머니의 말은 노곤해진 조은하를 홀딱 뒤집어놓았다. 가까운 음식점에서 주방 일을 하는 남편 배한서를 불렀다. 셋은 배다경을 찾아 나섰다.

그때 조은하가 돌연 땅에 주저앉았다. 아이 때문에 온 충격인가 싶었지만 그게 아니었다. 조은하는 손 쓸 사이도 없이 그 자리에서 사망했다. 외부에 아무런 상처도 없는 상황. 의사도 사망 원인을 잘 몰랐기에 남편은 충격사로 받아들였다.

그래도 배다경은 돌아오지 않았다. 신고를 받은 경찰, 배다경 엄마까지 숨지자 처음부터 공개수사를 결정하고 광범위한 수색에 들어갔다. 주변 CCTV를 살피고 혹시 모를 유괴나 변태성욕자에 대해서도 대비했다.

배다경의 모습은 집 앞 자동차의 블랙박스에 보였다. 아이가 집을 나서고 있었다. 하지만 골목을 돌아나가면서 사라져버렸다. 그 뒤로 차량 한 대가 있었지만 블랙박스 고장이었다. 다음 골목에는 오히려 차가 없었다. 게다가 화단들이 아이의 키를 가렸다.

그 시간에 거길 지나간 건 폐지 수집 할아버지의 소형 리어카뿐. 박스와 폐지를 가득 실은 리어카…….

"다경이? 못 봤는데?"

그 할아버지는 배다경을 알고 있었다. 엄마가 모아둔 폐지나 박스, 그런 걸 다경이가 들고 나온 적이 많았다. 고사리 손으로 내미는 폐지 뭉치……. 그게 고마워 리어카를 태워준 적도 있었다.

덕분에 의심을 받았다. 유괴 내지는 성추행범으로. 하지만 가는귀를 먹은 이 할아버지는 혐의점이 없었다.

이어 근처를 떠돌던 배불뚝이 노숙자도 연행되었다. 코가

토마토처럼 붉은 술주정뱅이 노숙자.

전과가 있었다.

주거침입에 폭력, 성추행 전력까지…….

주민들에 의하면 최근에도 짧은 치마를 입은 아가씨들을 집적거린다지만 그 역시 다경이와의 관련에 대해 강력하게 부인을 했다.

집 안에도 사건을 밝혀줄 만한 단서가 나오지 않았다. 방 안은 평온했고 거실에 나뒹구는 건 봉숭아 꽃물을 들이던 흔적과 오래된 워크맨, 인형뿐이었다.

혹시나 하던, 유괴범의 전화조차도 없었다.

"아빠!"

당장이라도 생글거리며 뛰어 들어올 것 같은 귀여운 소녀. 그녀가 사라진 걸 인정해야 할 시간이 다가왔다.

실종!

이 단어는 아주 복잡한 성격을 가지고 있다. 죽은 것도 아니고 산 것도 아닐 수 있기 때문이다. 실종신고가 들어오면 수사기관도 골머리가 지끈지끈해진다.

납치! 사망! 사고!

모든 가능성을 다 고려해야 하는 것이다.

밤샘 수색이 이루어지고 목격자 조사가 이루어졌지만 소득은 없었다.

어린아이와 엄마의 죽음.

일은 아주 복잡해졌다. 그런데 엄마에게서는 어떤 이상 징후도 보이지 않았다. 경찰은 가정불화를 의심해 남편 배한서까지 조사해 보았지만 아무런 혐의가 없었다.

이제 결과만 덩그러니 남았다.

엄마 사망!

딸 실종!

이 자책은 할머니에게 돌아갔다.

"다 내 잘못이여!"

할머니는 자신을 모질게 자책했다. 오리발을 내미는 정치인들과는 180도 달랐다. 나흘 동안 온 동네를 이 잡듯 뒤진 할머니에게 솔깃한 제안이 들어왔다. 같은 노래교실에서 노래를 배우는 아줌마였다.

그녀는 한때 신밥을 먹은 사람이었다. 상주보살이 그런 일에 끝내준다는 말을 전했다. 할머니, 그녀로서는 지푸라기라도 잡아야 했다.

할머니는 열 일을 제치고 상주보살을 찾아갔다. 이미 무당 일을 하지 않는 상주보살, 사정이 딱해 규리에게 일을 넘겼다. 규리는 할머니가 가져온 배다경의 옷을 놓고 신점을 쳤다.

"나 말고 내 동생."

그때 배다경의 빙의를 통해 규리가 뱉은 첫마디였다.

"우리 손녀 규리는 어디 있는데?"

"어둡고 축축한 구멍… 무서워… 추워……."

할머니는 경찰을 찾아가 신통방통한 점괘를 전하고 수사에 참고하기를 바랐다. 출처는 여섯 살 꼬마 무당. 경찰은 헛웃음으로 무시해 버렸다. 그래서 규리가 직접 올라온 모양이었다.

─혹시 주변 원한에 의한 게 아닌가 싶어 조은하 씨 부검 때 독극물 반응을 부탁했는데 나온 게 없었습니다. 유괴도 누가 돈을 요구할 만큼 유복한 집도 아니고……. 게다가 인근 병원에서도 비슷한 시간대에 의사가 돌연사하는 일까지 생긴 통에 아주 미칠 지경입니다. 간호조무사까지 원인 불명의 중태고요!

관할 서의 형사과장은 탄식을 쏟아냈다.

의사는 돌연사! 간호조무사는 중태!

그러나 병원 안에서 일어난 일이기에 승우는 관심을 갖지 않았다.

"그 꼬마 무당은 거기 있나요?"

승우가 물었다.

─예.

"구속하실 건가요?"

물론, 이 말은 농담이었다.

─그럴 리가요. 미신을 가지고 꼬마까지 와서 따져 대니

혼 좀 내주려고 잠깐 앉혀두었습니다. 그런데 검사님을 찾길래……

"그럼 꼭 잡아두세요. 제가 잠깐 들리죠."

승우는 그 말을 끝으로 전화를 끊었다.

규리가 직접 올라왔다.

그게 마음에 걸렸다. 그만큼 점괘에 자신이 있다는 말 아닌가?

"경찰서에 출장 좀 다녀올게요."

승우는 바로 사무실을 나섰다.

"어휴, 답답해!"

승우를 만난 규리는 고사리 주먹으로 가슴부터 쳤다. 그녀를 태워온 청풍댁은 묵례로 승우를 맞았다.

"진짜라니까요."

규리의 목소리가 점점 올라갔다.

"나야 네 말을 믿지. 하지만 경찰 아저씨들은 오는 사람의 말을 다 믿을 수 없어. 그랬다가는 경찰 숫자를 전 국민 숫자만큼 늘려야 할걸?"

수사기관의 업무에 대해 규리를 납득시키는 일은 만만치 않았다.

"그럼 아저씨가 찾아내세요. 아저씨는 내 말 믿는다면서요?"

규리, 옵션을 제대로 걸고 나왔다.

"나? 하핫!"

"거봐요. 어른들은 다 똑같아. 맨날 말로만……."

규리가 앙증맞은 입술을 삐죽거렸다.

"진짜 실종된 꼬마가 구멍 안에 있어?"

"그렇다니까요."

"이미 죽었고?"

"네……."

"후우!"

"그래도 시체는 찾아야죠. 혼자 깜깜한 구멍 안에 있는 게 얼마나 무서운 줄 알아요?"

그건 알 것 같았다. 어둠 속에 혼자 있다는 것… 어른에게 도 유쾌한 일이 아니었다.

"구멍이 어딘데?"

"그건 경찰 아저씨들이 찾아내야죠?"

승우는 스트라이크를 또 하나 먹었다.

"그래서 그거 말해주려고 여기까지 온 거야?"

"저를 찾아온 할머니가 경찰들이 코웃음만 친다는데 어떡 해요?"

"알았으니까 내려가라. 어두워지기 전에."

"아저씨가 찾는 거죠?"

"……."

"아저씨!"

"알았다. 알았어."

"나 말고 민민한테 약속하세요."

규리가 당차게 말했다. 승우가 민민을 각별하게 생각하는 걸 아는 눈치였다.

"둘 다한테 약속할게."

"민민… 너 들었지?"

규리가 승우 손목을 바라보았다. 민민은 거기서 파란 빛을 뿌리고 있었다. 얼굴을 보니 어느 편을 들기도 곤란한 표정이었다.

"갈게요. 걔도 찾고 걔 동생도 찾아주세요."

"규리야. 걔는 동생이 없어."

"있어요!"

조수석에 냉큼 올라앉은 규리가 쏘아붙였다.

"……."

"못 찾으면 아저씨 바보……."

규리는 메롱 혀를 내밀고는 문을 닫았다. 민민은 청풍댁이 모는 차를 따라 정문까지 날아갔다. 그러다 거기서야 비행을 멈췄다.

"민민……."

승우가 다가왔다.

"네?"

"오늘은 규리가 좀 까칠하지?"

"네……."

"내 잘못인가?"

"세상의 모든 일을 아저씨가 책임질 수는 없어요."

"그렇지?"

민민의 위로에 승우가 반색을 했다.

"하지만 약속은 어기면 안 돼요."

"그렇지?"

이번의 '그렇지'는 맥이 좀 풀린 목소리였다. 이렇게 되면 약속이 성립되었으니 수사 흉내라도 내야 민민에게 낯이 설 일이었다.

'허얼!'

골치가 지근 아파왔다.

"사정이 안타까워 개인 자격으로 왔습니다만……."

배다경의 집을 찾아간 승우는 신분증을 제시했다. 배한서는 소주를 기울이고 있었다. 늘어진 얼굴과 붙어터진 발을 보니 아이를 찾아 헤매다 겨우 돌아온 모양이었다.

"제발 부탁입니다. 우리 다경이 좀 찾아주세요. 개라도 찾아야 애 엄마가 눈을 감습니다."

승우를 본 배한서는 무릎부터 꿇었다.

"왜 이러십니까? 일어나세요."

"검사님, 경찰 좀 족쳐 주세요. 아이가 무슨 연기입니까? 걔가 하늘로 사라졌겠습니까? 땅으로 꺼졌겠습니까? 이건 틀림없이 유괴라고요."

"아범아, 단양 애기선녀 말로는……."

"어머니는 좀 가만히 있어요!"

아들 위로차 찾아와 있던 할머니가 끼어들자 배한서는 역정으로 입을 막았다.

"유괴라고 생각하는 근거가 있나요?"

"있지요. 보세요. 우리 다경이… 얼마나 귀엽습니까? 애교 있지 착하지 똑똑하지……. 보는 사람마다 다 데려가고 싶어 했다고요."

배한서가 사진을 내밀었다.

배다경!

"예쁘다……."

민민이 어깨 위에서 말했다.

진심 귀여웠다. 단순히 어려서 귀여운 게 아니라 천사 강림이라고 해도 믿어질 아이였다. 그러나 이 아이는 사람이다. 날개가 없다. 그러니 배한서의 말이 맞았다.

"하지만 죽은 건 맞는 거 같아요."

민민이 승우를 돌아보았다. 승우 역시 고개를 끄덕 동의했다. 방이며 옷가지며 그녀와 닿았던 모든 것에서 생기가 사라지고 있었다.

"집 안에는 애가 숨을 만한 공간이 없나요?"

승우가 물었다.

수사 사례를 보면 그런 게 있었다. 아이들은 좁은 장소에 숨는 걸 좋아한다. 그러고는 나오지 못한다. 그 안에서 죽는 경우도 있었다.

"없어요. 그렇잖아도 경찰하고 같이 싱크대 틈까지 죄다 뜯어보았답니다."

"애 방을 좀 봐도 될까요?"

"물론이죠. 얼마든지 보세요. 그리고 애만 찾아주세요."

배한서의 목소리는 절규에 가까웠다. 아내와 아이를 동시에 잃은 남자. 그 슬픔이 얼마나 클지 짐작이 되었다.

"……."

배다경의 방은 예뻤다. 예쁜 아이 방 다웠다. 아기자기 장식된 물건들을 보니 엄마의 사랑을 많이 받았다는 걸 알 것 같았다.

"혹시 다경이 동생이 있나요?"

승우가 인형을 보며 물었다. 그러자,

"아, 이 검사님도 이 말 하시네. 어머니, 이 검사님도 찾아갔 었어요?"

배한서가 또 할머니를 향해 역정을 냈다.

"그건 아니고요, 참고 삼아 묻는 겁니다."

"없습니다. 없어요. 우리 꼬라지 보면 모릅니까? 애가 생긴 다고 해도 낳아서 기를 형편이 아니라고요!"

낙담한 배한서가 인형을 패대기쳤다. 인형은 또르르 굴러 가 테이블 앞에 멈췄다. 그 테이블 다리 뒤에는 오래된 워크맨 이 처박혀 있었다. 하긴 저런 거 치울 정신이 있을 주인이 아 니었다.

나 말고 내 동생!

그 말은 틀린 모양이었다. 하긴, 규리라고 실수하지 말라는 법은 없었다.

'그래도 약속은 약속이니⋯⋯.'

혹시 몰라 정화조를 열었다. 다행히 영기는 느껴지지 않았 다. 하긴 정화조를 통한 죽음은 젖아기와 그 엄마로 충분할 일이었다.

집 안을 둘러보고 밖으로 나왔다. 어둠이 내린 길을 따 라 주변을 돌았다. 가난한 동네다. 골목으로 들어가는 길에 CCTV가 보였다. 쓰레기 무단투기를 감시하기 위한 것인데 고 장이 났단다.

축축하고 어두운 구멍…….

정화조는 아니었다. 그렇다면 하수구가 차선으로 꼽혔다.

"집 근처의 맨홀은 다 열어보았습니다."

경찰의 말이 스쳐 갔다. 동원된 인원만 2,000여 명. 그런데도 흔적조차 찾지 못한 한 아이의 증발… 경찰은 지금도 분투 중이다.

어린이 대상 전과자를 탐문하고, 반경 2㎞ 안에 사는 성폭행 전과자의 알리바이를 모조리 조사했다. 이어 가까운 공터와 야산, 하천 등지를 수색하고 있을 터였다. 군견까지 동원해서 말이다.

승우는 골목이 갈라지는 길에서 역산을 해보았다.

아이가 집에서 나왔다.

왜?

아이는 어리다. 이제 겨우 다섯 살…….

가능성은 두 가지였다.

하나는 엄마를 따라가려는 본능, 또 하나는 아는 사람이 불러냈을 가능성, 거기에 하나 더한다면 할머니. 할머니를 마중하는 것.

할머니가 다닌다는 주민센터를 향해 걸었다. 가깝지 않았다. 게다가 뻥 뚫린 도로가 나왔다. 화단도 없었다. 다경이가 이 길로 나왔다면 CCTV에 잡혔을 일이다. 그러므로 다경이는 이 길로 나오지 않았다.

사람은 감쪽같이 사라질 수 있을까?

답은 '그렇다'이다.

실제로 그런 사건은 많았다.

우리는 흔히 하는 말대로 영상의 시대에 살고 있다. 거리 곳곳에 CCTV가 있고, 차량 블랙박스도 많이 늘었다. 그럼에도 불구하고 어떤 사건에 있어서는 그런 것들이 하등 도움이 되지 않았다.

모 도시에서 일어난 여대생 살인 사건도 그중의 하나였다.

여대생은 버스를 탔다. 한 정거장에서 세 명의 승객들과 함께 내렸다. 여대생은 그 직후에 사라졌다.

한두 군데의 CCTV가 그녀를 찍었지만 화질이 최악이었다. 같이 내린 승객 중 둘은 신원을 찾지 못했고 겨우 확인된 한 사람은 그녀의 존재조차 알지 못했다. 이 여대생은 집과 반대 방향의 웅덩이 수풀 속에서 성폭행을 당한 채 32일 만에 백골로 발견되었다. 참고로 이 여대생은 그쪽으로 갈 일이 전혀 없었다.

그것 역시 사건 연수 과정에서 들은 일이었다.

당시 경찰은 광범위한 수사를 펼쳤다. 의심이 가는 사람들은 모조리 DNA를 채취했다. 인근 전과자와 동종 범죄자들, 기타 주변인과 인친척들… DNA 채취자만 8,000명을 넘은 사건이었다.

결과는 헛수고였다. 여대생은 백골로 돌아왔고 범인은 아직도 검거하지 못하고 있었다.

여대생은 성인이었다.

그런 그녀의 실종조차도 백골로 돌아오기 전까지 경로를 파악하지 못했다. 하물며 키 작은 어린이… 누가 슬쩍 품어도 감춰질 체구가 아닌가?

'난감하군…….'

타박타박 걸었다. 다경이의 다섯 살 걸음도 흉내냈다. 다섯 살 아이의 보폭은 얼마일까? 그 아이는 분당 몇 미터를 갈 수 있을까?

한참을 걷던 승우 눈에 순찰차가 들어왔다. 두 대였다. 순찰차는 건너편의 산부인과 앞에서 간호조무사에게 수갑을 채우고 있었다.

수갑!

긴급체포였다.

무슨 일일까?

"어유, 우리 동네에 귀신이 붙었나? 젊은 주부가 길바닥에서 황천에 가질 않나? 의사와 간호사가 급살을 맞질 않나……."

근처에서 중년 아줌마 둘이 수군거리고 있었다.

"저 여자가 죽인 거야?"

"수갑 채우는 거 보면 몰라? 어휴, 끔찍해."

중년 아줌마 둘은 몸서리를 치며 멀어졌다.

'의사까지 돌연사하는 통에 말이죠······.'

형사과장의 말이 스쳐 갔다. 그때 말하던 병원이 여기인 모양이었다.

"어, 검사님?"

간호조무사를 차에 태우던 형사가 승우를 알아보았다. 경찰서에 들렀을 때 규리를 보호하던 그 형사였다.

"긴급체포인가요?"

"예. 수사를 했더니 이 여자가 의사를 협박한 물증이 나와서요."

"의사 사망의 범인이라는 건가요?"

승우가 물었다.

그러자······.

"아니에요. 나는 죽이지 않았어요!"

수갑을 받은 조무사가 정색을 했다.

"죽이지 않았다고요. 나는 단지 차 선생님의 나쁜 버릇을 경고한 적밖에 없다고요."

조무사의 항변이 계속 이어졌다.

"경고? 그래서 거액 금품을 요구했어요? 아무튼 가서 얘기합시다."

형사는 조무사를 차에 밀어 넣었다.

"그럼……."

"예, 수고하세요!"

승우는 차에서 물러나 주었다. 경찰차는 조용히 승우를 지나갔다.

의사가 죽었다.

낙태 수술을 보조하던 조무사는 중태에 빠졌다.

다른 조무사는 긴급 체포되었다.

거기까지만 짚어보면 체포된 조무사가 살인 혐의를 받고 있다는 이야기. 아니, 최소한 관련은 있다는 의미였다.

병원을 바라보았다.

희미하지만 영기가 저절로 느껴졌다.

승우는 고개를 끄덕였다.

산부인과에서는 더러 의료사고가 난다. 출산 중에 산모가 죽거나 혹은 아이를 사산하는 경우. 그것 외에도 생명이 스러지는 경우가 또 있었다. 낙태 수술이었다.

희미한 영기는 낙태 수술 쪽에 가까웠다. 겨우 맺힌 몽우리에서 잘려 나간 생명들……. 그 일부가 낙태 수술실 안에 남은 모양이었다.

날숨을 쉬며 돌아서려 할 때였다. 민민이 돌연 산부인과를 향해 날아갔다.

"민민……."

나지막이 불렀지만 민민은 건물 안으로 사라져 버렸다.

'뭐지?'

어린 민민… 가엾은 태아의 영령들을 위로라도 하려는 걸까? 잠시 기다릴까 싶을 때 민민의 빛이 쏜살처럼 튀어나왔다.

"아저씨!"

민민, 서두르는 기색이 역력했다.

"왜?"

"저기! 저 안에 있어요."

"뭐가?"

"배다경… 그 아이의 영기요."

'응?'

"틀림없어요. 분명 저 안에 있었다니까요!"

있었다?

그렇다면 지금은 없다는 얘기였다.

승우는 건물 안으로 달렸다.

"저기요, 이제 이 병원 안 해요."

서류를 정리하던 조무사 하나가 승우를 막았다.

"검찰청 검사입니다. 잠깐 좀 볼 게 있어서요."

신분증을 내밀었다. 이미 동료 조무사의 체포를 지켜본 조무사는 움찔 뒤로 물러섰다. 검사라는 단어가 그녀를 압박한 것이다.

"여기요!"

그사이에 민민은 소파수술실 앞에서 파닥거리고 있었다.

"여기 좀 열어주시겠어요?"

승우가 우묵하게 조무사를 바라보았다. 그녀는 울상이 되어 마스터키를 문구멍에 꽂았다.

"……!"

문이 열리자, 뭐라고 형언하기 어려운 느낌의 영기가 감지되었다.

약했다. 순수했다.

동시에 저리도록 애달팠다.

설명하기 어려운 원초적 슬픔, 그런 것들…….

영력을 높이자 여기저기 떠도는 태아의 영기들이 보였다. 그 작은 몸짓, 그 서툰 행동, 그 여린 모습… 그걸 본 승우는 한동안 움직일 수 없었다.

패닉!

그놈에 얻어맞은 것이다.

한 번도 생각해 보지 못했다. 낙태 수술이 이런 거라는 건. 한 번도 상상하지 못했다. 그렇게 사라진 생명들도 넋이 되고 영혼이 되어 떠돈다는 걸…….

승우는 저도 모르게 눈물을 머금었다.

낙태…….

그리고 출산에 임박해 죽은 아이들…….

민민이 다가가면 그들은 가만히 길을 터주고, 민민이 돌아보면 같이 돌아보았다. 질병으로 죽은 아이는 어쩔 수 없었다. 하지만 낙태 수술로 생명을 강탈당한 아이들은 또 하나의 살인이었다. 이렇게 보니, 승우의 감정으로는 그랬다.

"우욱!"

승우, 결국 구토와 함께 주저앉고 말았다.

"아저씨……."

민민이 날아와 위로해 주었다.

"미안……."

"괜찮아요."

"미안해……."

"괜찮다니까요. 그런데… 그 아이의 영기가 없어요."

민민의 말을 듣고 몸을 일으켰다. 그제야 알았다. 아직도 낙태 수술실의 불을 켜지 않았다는 걸. 문 앞에 선 조무사는 고개를 갸웃거리며 승우를 보고 있었다.

"가서 일 보세요. 잠깐 살피고 갈 테니까."

승우가 말하자 그제야 조무사가 돌아섰다.

승우는 후끈 영력을 높였다. 오감이 깨어나면서 태을신장의 기운이 강하게 내려왔다.

보였다.

희미한 흔적으로 남은 배다경의 흔적……

하지만… 왜?

배다경이 여긴 왜?

"누가 좀 알려줄래?"

민민이 어린 영기들에게 물었다. 영기들은 한군데로 몰려들어 파르르 떨었다.

"아저씨, 힘을 좀 낮춰줘요. 애들이 무서운가 봐요."

민민의 말을 듣고서야 승우, 자신이 긴장하고 있다는 걸 알았다. 승우는 영력을 부드럽게 내려놓았다.

"그리고 나타를 좀 꺼내주세요."

민민이 요청했다. 나타는 흰 코끼리 중에서 가장 작은 것이었다. 나타는 귀엽게 등장했다. 민민은 그 등에 올랐다. 병실 안을 한 바퀴 날았다. 그러자 어린 영기들이 긴장을 풀기 시작했다. 나타에서 우러나오는 부드러운 흰 빛줄기 때문이었다.

"그 애는 이제 오지 않는대요."

어린 영기들의 마음을 연 민민이 말을 전했다.

"언제 왔다는 건데?"

"그 애가 실종된 날요. 그때 와서 동생 영기를 데리고 갔
대요."

"······?"

그 한마디에 승우의 귀가 벼락처럼 쫑긋 섰다.

동생 영기··· 동생 영기?

"동생 영기라고 했니?"

"네, 그렇다는데요?"

"다시 확인해 봐. 그 애가 무슨 동생이 있어?"

승우가 말했다.

민민은 다시 어린 영기들 틈에 섞여 속삭였다. 그리고······.

"있대요. 하지만 그날 죽었대요."

"민민······."

"바로 여기서요!"

민민이 멈춘 곳은 낙태 시술대였다.

그렇다면? 그렇다면 배다경의 어머니 조은하, 그녀가?

승우는 바로 병원 데스크로 뛰어나왔다.

"이봐요. 그거··· 아직 환자 진료 기록 검색할 수 있죠?"

"그렇긴 한데요?"

조무사가 고개를 들었다.

"열하루 전, 의사가 죽은 날··· 그날 혹시 조은하라는 사람
이 왔었나 좀 확인해 주세요."

"생년월일 아세요?"

"잠깐만요."

승우는 바로 배한서에게 전화를 넣었다.

"생년월일은……."

승우가 불러주는 말에 따라 조무사가 자판을 짚었다.

"있는데요?"

"……!"

승우, 조무사의 대답에 머리카락이 왈딱 곤두섰다.

"조은하 씨 임신이었죠?"

"……."

콕 집어 들이대자, 조무사는 대답하지 않았다.

"그렇군요. 그날 낙태 수술 받았죠?"

"……."

"혹시 조은하 씨 기억하세요?"

"예……."

"혹시 어린아이 데리고 다니지 않았었나요? 다섯 살 예쁜 여자아이……."

승우가 묻자 조무사가 고개를 끄덕거렸다.

"……!"

그랬다.

다경이는 이 병원을 알고 있었다. 조무사의 기억에 의하면 임신진단을 받을 때, 다경이가 엄마와 함께 왔었다.

"좋아요. 거기까지……."

승우는 다시 전화기를 꺼냈다. 이번에는 관할서 형사과장이었다.

―조은하 씨 사망 시간은 오후 5시 반경이고 의사 차일승의 사망은 그보다 빠른 오후 3시 반경입니다.

조은하와 차일승!

사망은 의사가 빨랐다.

기록을 확인했다. 조은하 시술은 차일승이 했다. 보조는 병원에 입원한 조무사였다. 시술 예약 시간은 오후 1시 반. 조은하는 시술 후에 한 시간 정도 안정을 취하고 나갔다.

차일승은 조은하 시술에 이어 또 다른 임신녀의 낙태 수술을 하려던 중에 돌연사했다. 조은하가 병원을 나간 지 한 시간 정도 후. 이때까지는 조은하가 죽지 않은 시점. 그러나 배다경은 이미 실종된 시점이었다.

"아저씨!"

밖으로 나오자 사방은 어두웠다. 그리 변화하지 않은 동네, 상가도 많지 않아 사방은 어두운 편에 속했다. 병원에서 한 방향을 바라보았다. 여린 영기들이 알려준, 다경의 영기가 사라진 방향이었다.

시선을 뻗으니 그 뒤쪽이 다경이의 집이었다.

'병원으로 오다가 차 사고라도 난 건가? 그래서 운전자가 유기?'

몇 가지 시나리오가 머리를 스쳐 갔다.

하지만!

무엇보다 시급한 건 다경이의 시신을 찾는 일이었다. 다경이의 집으로 이어지는 큰 길은 두 갈래였다. 아이들은 호기심이 많다. 어떤 길로 갈지는 그때그때 다르다. 이게 바로 어른과의 차이였다.

일단 큰 길부터 생각했다. 그중 하나를 잡아 영력을 높이며 걸었다. 손에는 신방울도 들었다. 다경이 집에서 본 물건들과 낙태 수술실에서 감지한 영기. 그 희미한 흔적을 찾아가는 것이다.

어둡고 축축한 구멍…….

규리의 말을 나침반으로 삼았다.

음식점 음식 쓰레기통이 보이면 빠짐없이 열었다. 장기 주차된 듯싶은 차량의 트렁크 안에도 빠짐없이 영력을 집중했다. 민민도 힘을 보탰다. 훌쩍 날아오른 민민은 낮은 빌딩의 옥상을 확인했다.

첫 번째 코스는 실패였다.

배다경의 영기를 잡지 않았다.

두 번째는 거기서 병원으로 향하는 방향으로 코스를 잡았다. 방금 뒤진 반대편 도로 쪽이었다. 한 지점에서는 영기가 느껴졌다. 하지만 어린아이의 것이 아니었다. 아마 사망 교통사고가 난 장소인 모양이었다. 그러다 보니 조은하가 급사한 장소에 닿았다.

그 자신 방금 낙태 수술을 받은 몸으로 어린 딸을 찾아 미친 듯이 뛰어다니던 조은하는 바로 여기에서 손 쓸 사이도 없이 목숨을 마감했다.

바로 여기에서……

−급사.
−부검 결과 : 사인 불명.

지병은 없었다.
외부의 물리적인 폭력도 없었다.
'떠돌이 악령의 소행인가?'
그 자리에 서서 천천히 고개를 돌렸다. 그때였다. 저만치 우묵하게 들어간 구석. 거기 주차된 낡은 차량이 후진하면서 소리가 덜컹 귀를 때렸다. 작은 맨홀이었다. 조은하 사망 지점에서 약 30여 미터. 차량 밑에 가려 있어 보이지 않은 것이었다.

덜컹!

소리는 한 번 더 이어졌다. 이번에는 앞바퀴가 지나는 모양이었다.

소리가 나는 건 뚜껑이 잘 맞지 않는다는 반증… 호기심 많은 민민이 그곳으로 날아가려는 순간,

짤랑!

승우 손에 쥔 신방울이 가녀린 울음을 울었다.

"……?"

승우와 민민, 거의 동시에 방울을 바라보았다.

짤랑짤랑…….

방울은 엷은 진동처럼 떨었다. 방울이 가리키는 곳… 기이하게도 바로 맨홀 아래였다.

"여기인 거 같아요!"

민민이 맨홀 위에서 깡총거리며 소리쳤다.

다른 맨홀에 비해 아귀가 잘 맞지 않는 뚜껑, 그 안에서 다경의 영기가 희미하게 배어나왔다. 안은 제법 높고 깊었다.

'맨홀 안의 하수구, 어둡고 축축한 구멍……. 제기랄!'

만약 이 안에 배다경이 있다면, 규리의 신들린 영험함이 확인되는 것. 동시에 모든 이들의 생존 희망이 사라지는 것.

그건 승우도 마찬가지였다.

설령 영력이 빗나가더라도 그녀가 살아 있다면, 그보다 바랄 게 없는 일…….

후우!

탄식이 먼저 나왔다.

"민민……."

승우가 민민을 돌아보았다. 경찰을 불러 수색을 하려면 확증이 필요했다.

"까웅 깅을 꺼내주세요."

승우의 마음을 알아챈 민민, 여전히 피로해 보였다.

"민민!"

"네?"

"어디 아프니?"

"아뇨… 괜찮아요."

뽀빠산의 참상이 마음에 남은 걸까? 그렇다면 시간이 흐르기를 바랄 수밖에 없었다. 세 번째 흰 코끼리를 꺼내주자 민민이 훌쩍 올라타고 맨홀 안으로 들어갔다. 그사이에 승우는 주변을 보았다. 가까운 벽에는 헌 박스가 몇 개 나뒹굴고 있었다. 그때 끼이이, 리어카 멈추는 소리가 들렸다.

'응?'

돌아보니 폐지수집 할아버지였다.

그는 고단한 얼굴로 박스를 향해 걸었다. 그런 다음 차곡차곡 접었다. 그러고는 이마의 땀을 씻어내고는 리어카를 잡았다.

"아저씨!"

그사이에 민민이 튀어나왔다. 어쩐 일인지 민민은 긴장하고 있었다.

"왜?"

"있어요. 그 아이의 영기……."

"그래? 그런데 표정이 왜 그래?"

"그게… 다른 게 또 있는 것 같아서요."

"다른 거? 배다경이 동생 영기를 거두어갔다며?"

승우는 소파수술실 안에서 들은 말을 상기시켜 주었다.

"그런 영기가 아니었어요. 그건……."

바로 그때, 맨홀 뚜껑이 다라랑 진동을 냈다. 이어 거친 영기가 풀썩 솟구쳤다.

'뭐야?'

놀란 승우가 주춤 물러섰다. 어린 다경이와 태아였던 그 동생의 영기가 있는 곳. 그런데 이런 거친 영기라니? 머리가 복잡해질 때 할아버지의 목소리가 어깨를 넘어왔다.

"젊은 양반, 거기 오래 있지 마쇼. 박가 놈, 돌아오면 아무나 붙잡고 시비를 건다오."

"박가 놈이오?"

"응?"

"박가라고 하셨냐고요?"

"뭐라고?"

"박가……."

가는귀를 먹은 할아버지, 두 번이나 더 말하고서야 말귀를 알아들었다.

"허우대 멀쩡한 배불뚝이 노숙자가 있소. 거기서 술 처먹고 자면서 여자들에게 게걸거리는… 이제 또 나타날 때가 되었는데……."

노숙자?

형사과장의 말이 떠올랐다. 혐의를 받던 용의자 중의 하나. 그러나 혐의를 부인했고 아무런 증거도 찾아내지 못한 경찰…….

덜그럭! 덜그럭!

리어카가 멀어졌다.

덜컹덜컹!

발이 닿자 맨홀 뚜껑은 소리 내어 흔들렸다.

할아버지는 가고 경찰들이 왔다. 승우가 요청한 것이다. 형사과장은 다소 귀찮은 표정이었지만 승우의 말을 무시하지는 않았다. 무엇보다 배다경의 집에서 멀지 않은 곳이었고, 맨홀 뚜껑이 움직이는 것도 사실이었다. 게다가 공개수사를 하던 마당. 그 역시 지푸라기라도 잡아볼 수밖에 없었다.

"그런데 이 뚜껑은 못 봤었는데……?"

이 근방을 두 번이나 수색했다는 반장이 고개를 갸웃거렸다.

"차에 가려 있었습니다. 나도 여기 주차되어 있던 차가 조금 전에 나가면서 발견하게 되었으니까요."

승우가 차분히 경위를 전했다.

"쩝. 그것 참……."

반장은 쓴 입맛을 다시며 조를 편성했다. 수색이라는 게 이렇다. 제아무리 많은 인력을 동원해도 지상의 모든 것을 점검할 수는 없었다.

"저도 참여하겠습니다."

경찰들이 하수도 내부를 검토할 때 승우가 끼어들었다.

"검사님이요?"

놀란 과장이 고개를 들었다.

"왠지 마음이 짠해서요."

승우는 겸손하게 사적인 이유를 달았다.

살인 사건은 결국에는 검사에게 오게 되어 있다.

하지만 한 검사가 모든 사건을 다 관여할 수 있는 건 아니었다. 무엇보다 이 사건은 승우의 관할지검이 아니었다. 더구나 아직 경찰 단계에서 수사 중인 사건. 형사과장이 NO 하면 검사라고 해도 별수 없을 일이었다.

"뭐 정 원하신다면……."

과장은 자의 반 타의 반으로 수락을 해주었다.

텀벙텀벙!

큰 진입구로 들어섰다. 하수구 안은 생각보다 넓었다. 그리고 미치도록 불쾌했다. 찌든 냄새는 오장육부를 열댓 번 뒤집어놓고도 남았다.

"냄새 죽이네!"

경찰 몇몇은 몸서리를 쳤다.

썩은 냄새를 따라 갈림길이 나왔다. 뻗어나간 하수구가 점점 좁아지고 있었다. 이제부터는 머리를 숙여야 했다.

"그런데… 여긴 어째 갑자기 으스스해지네?"

승우 뒤에 있던 경찰이 말했다.

"그러게. 귀신이라도 나올 거 같잖아?"

"아, 지금 장난해? 귀신은 무슨 귀신? 사람이 무섭지 귀신이 무서워?"

경찰들은 대화로 긴장을 풀며 사방에 전등을 비춰댔다.

승우는 맨 앞에서 기었다. 거의 그런 자세였다. 승우가 앞장서자 경찰들은 예의상 말렸다. 하지만 하수구 안에서 뒤섞이니 이제 누가 누군지 분간도 되지 않았다.

"아저씨, 여기 있어요!"

홀쩍 앞서가던 민민이 허공을 맴돌았다.

철벙철벙!

승우가 속도를 내기 시작했다. 숙인 머리가 불편했지만 신경 쓰지 않았다.

"……!"

배다경…….

거기 있었다. 무릎 정도 되는 물 깊이에 온갖 찌꺼기들이 모여 둔덕을 이룬 곳. 다경의 어린 육신은 거기 걸려 잠들어 있었다. 쓰레기 덤불을 거머쥔 손이 보였다. 두 군데는 아직도 봉숭아 꽃물을 물들이는 비닐이 감겨 있었고, 엄지와 검지에서 붉은 빛이 돌았다. 봉숭아물이 제대로 들었다.

"여깁니다!"

승우는 전등을 흔들어 경찰을 불렀다.

"꼬마를 찾았다!"

"시체를 찾았어!"

"감식반, 감식반 이쪽으로!"

경찰들이 분주해졌다.

부패되기 시작한 다경의 얼굴에 불빛들이 쏟아졌다. 옷은 입고 나갔다는 그 차림 그대로였다. 다행히 벗겨지거나 찢겨 나가지는 않았다. 성추행은 아닐 수 있다는 얘기였다. 그렇다고 해도 죽음의 이유를 알 수 없는 상황. 어린 얼굴에 떨어지는 빛은 속절없었다. 예쁜 봉숭아 꽃물은 더 속절없었다.

조금만… 조금만 일찍 보았더라면…….

그게 실족이든 피살이든, 그랬으면 저 불빛이 환한 구원이 되었을 것을…….

그런데 다경이 앞으로 훌쩍 다가서던 감식반원이 비명과 함께 엉덩방아를 찧었다.

찌이익!

쥐 떼였다. 별안간 쥐 떼들이 벽을 타고 쏟아져 내렸다.

"으아아, 저리 가!"

경찰들은 전등을 휘둘렀지만 쥐 떼는 말을 듣지 않았다. 쥐 떼에 사나운 영기가 묻어왔다. 그래서인지 제법 난폭했다.

"아, 이놈의 쥐들이……."

일부 경찰은 상의를 벗어 휘둘렀다. 쥐에게는 테이저건도 권총도 무용지물에 불과했다. 소란이 높아지는 사이에 승우는 깊은 안쪽으로 영력을 집중했다.

찍찍!

승우에게 달려들던 쥐들이 갈라섰다. 마치 길이 트이듯 갈라진 쥐 떼 사이로 촉이 왔다.

있었다.

저 깊은 곳… 그곳에서 날선 영기가 쥐 떼를 밀어내고 있었다.

'후웁!'

태을신장의 신력을 빌린 승우, 목표 지점을 향해 강력한 영기를 뿜었다.

퍼엉!

영기가 파동처럼 작렬하는 게 보였다. 승우는 그곳으로 향했다. 공격을 받은 영기는 발악하듯 꿈틀거리고 있었다. 생각보다 강하지 않은 영기라 다행이었다.

"민민!"

"나는 준비 끝났어요."

민민은 그새 친디를 불러낸 후였다.

뿌에에!

친디를 본 영기는 기겁을 하고 허둥거렸다. 하지만 친디가 빨랐다. 벼락처럼 날아가 영기의 목덜미를 물어버린 것이다.

"아저씨……."

영기를 제압한 민민, 놀란 눈으로 앞쪽을 가리켰다.

앞… 어둑한 하수구 바닥에 뭔가가 희끗 번득였다.

"욱!"

승우는 입을 막고 돌아섰다. 그곳에도 사체가 있었다. 성인이었다. 두툼한 옷 사이로 삐져나온 백골. 아마 겨울에 죽은 모양이었다.

"시신 1구 추가 발견, 성인으로 추정됨!"

경찰의 교신이 바쁘게 오고 갔다. 기본 감식을 끝낸 경찰은 사진 촬영에 이어 폴리스 라인을 설치한 후에야 두 구의 시신을 운구해 나갔다.

"안 가십니까?"

마지막으로 남은 형사가 승우에게 전등을 비췄다.

"먼저 가세요. 따라 가겠습니다."

승우는 형사를 먼저 내보냈다. 그들이 모르는 할 일. 그게 남아 있었다.

승우, 형사의 발소리가 멀어진 후에야 사로잡은 영기에게 시선을 돌렸다. 친디에게 물린 영기는 찍소리도 못하고 있었다.

"당신… 정체가 뭐야?"

승우가 다그쳐 물었다.

[그건 내가 더 궁금하군. 당신은 뭐야? 그냥 보기엔 인간 같은데…….]

"인간 맞아."

[그런데…….]

"어떻게 당신의 혼을 볼 수 있냐고?"

[그래…….]

"접신, 모르나?"

[그럼 저 꼬마는?]

"내 친구!"

승우는 민민을 바라보았다. 친구… 민민은 그 단어가 나쁘지 않은 표정이었다.

"당신이 배다경을 해쳤나?"

승우가 본론으로 들어갔다. 인간으로서의 살인이 아니라 악령으로서의 살인을 물었다.

[아니!]

영기가 고개를 저었다.

"아니다? 그런데 왜 당신의 기운이 배다경의 영기에 묻어 있지?"

[그건…….]

"말해!"

승우가 영기를 다그쳤다. 영기는 잠시 주저하더니 천천히 말을 이었다.

[꼬마가 원했어. 간절히, 아주 간절히…….]

"거짓말하면 재미없어."

승우는 손에 쥔 신방울을 돌아보았다. 사악한 영기라면 검은 빛이 날 방울. 그런데… 방울은 흰빛이었다.

[거짓말이 아니야. 꼬마가 원했을 뿐.]

"원해? 뭘?"

[동생… 동생을 구하게 해달라고…….]

'동생?'

[재수 없게도 나처럼 저쪽 구멍으로 떨어져 죽었지. 그런데

영이 되어서도 그 말을 되뇌었어. 나 말고 내 동생… 나 말고 내 동생…….]

"……"

[그래서 내 힘을 조금 덜어주었어.]

"조건이 있었겠지?"

[그건 맞아.]

"뭐였지?"

[내 곁에 있어주는 것. 여긴… 너무 쓸쓸해……. 죽은 지 오래되어도 아무도 찾는 이 없는…….]

영기는 자기 시신이 있던 자리를 돌아보더니 그 길로 사멸해 버렸다.

거친 영기가 사라지자 그 자리에서 나른한 영기가 피어올랐다.

"아저씨!"

먼저 느낀 민민이 영기를 가리켰다.

영기는 조금씩 진해졌다. 그러자, 두 개의 물체를 이루었다. 먼저 보인 건 배다경. 그 옆에 등장한 건 그녀의 동생이었다.

파리한 두 영기… 그러면서도 한없이 여린 영기. 두 영기는 그나마 상체만 형태를 갖추고 있었다. 바라보는 승우의 다리에서 맥이 풀려나갔다.

"네가 배다경이구나?"

승우가 나지막이, 그러면서 긴 간격을 두고 물었다. 다경의 영기가 끄덕 고개를 끄덕였다. 언니를 따라 피지도 못하고 스러진 영기도 끄덕 고갯짓을 따라했다.

이 아저씨를 탓하지 마세요.

다경의 영기가 온몸으로 말하고 있었다. 파리하게 떨리는 그녀의 빛…… 그 빛을 따라 우웅우웅, 나른한 메아리가 울려나왔다.

나 말고 내 동생.

나 말고 내 동생.

내 동생이야…….

다경은 태아 영기의 손을 꼭 잡고 있었다. 어찌나 간절하게 잡았는지 두 손이 붙어버릴 지경이었다. 그걸 본 승우는 가슴이 시리도록 짠해졌다.

거기에 놀라움이 하나 더 얹혔다. 이번에는 엄마 조은하였다. 위에서 수직으로 내려온 조은하가 두 아이를 향해 팔을 벌렸다. 그러고 보니 조은하가 죽은 자리는 배다경이 발견된 바로 위였다. 그녀… 죽음으로라도 딸의 위치를 알려주려 했었던 걸까?

아이들은 중력에 끌리듯 엄마 품에 안겼다.

까르르!

얼굴에서 웃음소리가 느껴졌다.

세 영기는 하나가 되어 사라졌다. 거친 영기의 힘이 끝나고 다경의 시신까지 밖으로 나가자 천도가 된 모양이었다.

같은 시각, 하천에서 다경이 신발 한쪽이 나왔다. 주인이 발견되자 신발도 세상 밖으로 나온 것일까? 공교롭게도 다경의 시신을 찾은 시간과 거의 같았다.

나 말고 내 동생…….

그래도 그 말은 승우의 귀에 남았다.

지치지도 않고 메아리치고 있었다.

4장

신(神)의 폭로

"검사님!"

석 반장이 차에서 내렸다. 그가 승우를 위해 내려온 것이다. 별일 아니니 그냥 퇴근하라고 했지만 듣지 않았다.

의리의 독수리, 뚝심의 석경태다웠다.

그에게 이 일이 전해진 건 강력반장 때문이었다. 경장 때 석 반장과 한 팀이었던 사람이었다. 그는 사실 승우가 기웃거리는 게 달갑지 않았다. 이쪽 시와는 상관없는 서울의 검찰청, 그 검사가 사건에 관심을 보이니 부담이 아닐 수 없었다.

형사과장에게 승우의 일을 전해 들은 그는 석 반장을 떠올렸다. 석 반장이 서울 검찰청에 파견되어 있다는 정도는 알고 있었기 때문이었다. 그래서 푸념차 연락을 했다. 그사이에 승우가 다경이의 시신을 찾는데 혁혁한 단서를 주었다. 그러니 푸념은 고마움으로 바뀌어 버렸다.

"왜 오셨어요? 별일 아니라니까."

승우가 괜한 핀잔을 날렸다. 말은 그렇게 해도 속으로는 든든하고 고마웠다.

"별일 아니긴요. 여기서 사체가 두 구나 나왔다면서요?"

"아, 예……."

"김 반장, 그 자식……. 처음에 전화걸 때는 니네 검사 할 일 없냐고 툴툴거리더니 사체 찾으니까 바로 굽신 비굴 모드던뎁쇼?"

"그래요?"

"아직 볼일이 더 있수?"

"조금요."

승우는 맨홀을 향해 고개를 돌렸다.

가만히 사건을 재구성해 보았다.

배다경. 키 작은 어린아이…….

집에서 여기까지 왔다. 그런 다음 맨홀에 빠졌다. 타인에 의한 건지 실수인지는 아직 알 길이 없었다.

'그것까지 말해주고 갔으면 좋았을걸.'

아쉬움이 남았지만 그건 검사인 승우와 경찰이 할 일이었다. 밥값은 해야 할 것 아닌가? 그때 아까 나갔던 차량이 다시 돌아왔다. 그 차를 의경이 막았다. 맨홀 주변에 폴리스라인이 쳐진 것이다.

"아, 씨발… 사람 불편하게시리……."

몸 여기저기에서 문신이 엿보이는 30대의 운전자는 쌍욕부터 내뱉었다.

"이봐요!"

다시 차에 타려는 그를 승우가 불렀다.

"뭐요?"

운전자가 까칠하게 나왔다.

"여기 자주 주차합니까?"

"그런데, 왜요?"

"그럼 혹시 열하루 전에… 점심시간 직후에도 차를 댔었습니까?"

"가만… 이 근처에서 어린애가 실종되었다더니 지금 나를 의심하는 겁니까?"

"실종이 아니라 사망입니다. 그것도 바로 저 맨홀에 빠져서요."

"……!"

운전자의 표정이 굳는 게 보였다. 사망을 살인으로 받아들이는 눈치였다. 심각하지 않을 수 없는 일이었다.

"살, 살인입니까?"

"아직은 모릅니다. 그러니 협조하세요."

"열하루 전이면……."

운전자는 차 안에서 작은 메모장을 꺼냈다.

"그날은 지방에 갔다가 오후 다섯 시쯤 왔어요."

"확실하죠?"

"그럼요. 여기 톨게이트 영수증도 있습니다."

승우는 그가 내민 영수증을 확인했다.

"그럼 여기 누가 또 차를 대나요?"

"아뇨. 여긴 내 자리입니다."

운전자는 잘라 말했다. 보아하니 딱 양아치, 이런 놈이라면 그렇게 주장할 법도 했다.

"다른 차는 전혀 안 댄다?"

"그럼요. 아, 막말로 내가 여기만 3년 차인데 언놈이 넘봅니까? 가끔 박스 줍는 아저씨하고 노숙자가 알짱거려서 좀 그렇지만……."

"혹시 블랙박스 좀 볼 수 있을까요?"

"그러쇼."

운전자는 순순히 자리를 비켜주었다.

열하루 전 기록, 그 화면에 다경이는 없었다. 사건이 일어난 그 시간에 찍힌 건 운전자의 말대로 지방의 한 상가였다.

대신 그 하루 전 화면, 박스를 잔뜩 실은 폐지 수집 할아버지의 리어카가 보였다.

"협조해 주서서 고맙습니다."

"그럼 저거는 언제 치우는 거요?"

운전자가 폴리스라인을 보며 물었다.

"오래 가지는 않을 겁니다."

"에이, 하필이면 여기서……."

운전자는 역정을 내며 차에 올랐다.

"아니, 그런데 저 자식이……."

발끈하는 석 반장을 승우가 말렸다.

그때였다. 저만치에서 블랙박스 속의 한 장면이 가까워지고 있었다. 폐지 할아버지의 리어카였다. 리어카는 박스로 꽉 차 있었다.

"여기 뭔 사고 났소?"

할아버지가 리어카를 멈추며 물었다.

"다경이가 여기서 발견되었습니다."

승우는 할아버지가 한 번에 들을 수 있도록 또박또박 말했다.

"아이고, 저런!"

할아버지의 눈빛이 단박에 무너졌다.

"할아버지!"

"응?"

"혹시 그날 말입니다. 낮에 여기 지나갈 때 이 자리에 차가 없었다던데 그거 기억하세요?"

"기억하지. 그날도 박스가 많이 나왔는데 여기도 많이 있길래 멈췄거든."

"여기 누가 있지는 않았나요?"

"있었지. 그 박가 놈……."

박가… 노숙자였다.

시간은 일치했다.

장소도 일치했다.

하지만 다경이를 본 사람이 없었다.

맨홀에 빠지는 걸 본 사람도 없었다.

"누가 애를 유괴해서 죽인 거요?"

눈시울이 붉어진 할아버지가 물었다.

"그게 목격자도 없고 근처에 차가 없어 블랙박스도, 폐쇄회로 카메라도……."

"아, 그게 말이 돼요? 요즘 그 뭣이냐 씨씨티빈가 뭔가로 다 본다면서……."

"그게 하필 이 근처에는 없네요."

"아이고, 저런 낭패를 봤나?"

"허, 강남 같은 곳은 도둑 잡는다고 집집마다 따로 달기도 하는데……."

석 반장도 안타깝기는 하나도 다르지 않았다.

"뭐라고?"

순간, 할아버지가 석 반장을 바라보았다.

"강남이요, 강남! 거긴 부자들만 사니 도둑 놈 잡는다고 집집마다 그걸 달아놓는다굽쇼."

"떼끼, 도둑이 뭐 강남에만 있는 줄 알아?"

"……."

"저 집 말이야? 좀도둑이 세 번이나 들었어. 그래서 주인이 그 뭐시기 사다 달았다고 하던데?"

"……!"

주변을 바라보던 승우가 벼락처럼 시선을 돌렸다.

"할아버지, 지금 뭐라고 하셨어요?"

"응?"

"뭐라고 하셨냐고요?"

"좀도둑?"

"그거 말고 그다음요."

"저 집… 저 집주인이 집에 뭐 달았다고."

할아버지의 손이 전봇대 너머의 4층 집을 가리켰다. 승우는 그곳을 향해 달렸다.

'맙소사!'

대문 앞에 선 승우는 미친 듯이 떨었다. 거기 있었다. 4층 지붕 아래… 거기서 세상을 내려 보는 CCTV 카메라.

"이봐요, 이봐요!"

승우는 대문이 부서져라 두드리며 주인을 불렀다.

CCTV 카메라.

세상에 이보다 더 소중한 보물이 있을까? 녹화를 보기 위해 파일을 거는 순간, 경찰서 판독실은 숨소리 하나 들리지 않았다.

승우와 석 반장, 형사과장과 강력반장, 그리고 베테랑 판독 직원 둘이 달라붙은 판독실은 긴장감이 가득했다.

"나옵니다!"

화면이 나왔다.

다행히 화소까지 좋았다.

그날이었다.

배다경이 실종된 그날…….

꿀꺽!

사건 시간의 장면을 탐색하는 동안 여기저기서 침 넘어가는 소리가 들렸다.

주택의 위치는 사건 현장의 왼편. 화면은 4층에서 대문과

계단을 내려다보는 각도였다. 현장은 그 너머로 보였다. 중계 화면처럼 만족스럽지는 않지만 그래도 보인다는 것, 미치도록 흥분되는 일이었다.

"리어카네요!"

멀리서 한 점의 리어카가 등장하고 있었다. 폐지 수집 할아버지… 그의 말처럼 박스더미가 불룩하게 실렸다. 할아버지는 조금씩 가까워졌다. 들쭉날쭉 실린 박스는 어쩌면 위태롭게도 보였다. 리어카가 화면을 향해 다가왔다.

순간!

"아!"

일동 한숨 섞인 탄식을 쏟아냈다.

거기… 배다경이 있었다. 귀엽고 앙증맞은 아이. 그 아이가 기특하게도 리어카를 밀고 있었다. 그게 무슨 힘이 될까마는 제 딴에는 할아버지를 돕는 모양이었다. 그때 화면 앞으로 불쑥, 노숙자가 튀어나왔다. 그 덩치에 가려 배다경이 보이지 않았다. 그사이에 할아버지는 박스에 붙은 테이프 등을 떼며 정리를 했다.

잠시 노숙자가 흔들이더니 리어카가 출발했다.

배다경은 보이지 않았다.

길을 가던 노숙자가 돌아보았다.

"조금 전 거기 확대해요!"

승우가 소리쳤다. 직원은 화면을 뒤로 맞췄다.

"거기… 거기요."

승우가 화면을 짚었다.

딱, 노숙자가 화면을 가린 첫 플레임이었다.

"천천히, 천천히……."

승우의 말에 따라 화면이 한 장 한 장 넘어갔다.

보였다.

손. 붉은색이 아른거리는 작은 손…….

노숙자의 외투를 움켜쥔 다경이의 고사리 손이었다. 그리고 그 손가락을 싸맨 봉숭아 꽃물 비닐…….

"최대한!"

이 소리는 누가 질렀는지 모른다. 화면이 커졌다. 손이 맞았다. 다경이의 손이 분명했다.

"노숙자의 왼손!"

화면은 외침을 따라갔다. 노숙자의 왼손이 확대되자 벗은 여자 화보가 보였다. 이어 노숙자의 허리가 출렁거렸다. 그건… 믿기지 않게도 허리치기를 하는 몸짓이었다.

"발밑!"

소리들이 점점 커지고 있었다. 화면도 외침을 따라 바뀌었다.

노숙자의 발 앞…….

맨홀이 있었다. 뚜껑이 살짝 비껴 올라와 있었다. 그리고…
노숙자가 몸을 살짝 굽히고 나자 외투를 움켜쥔 다경이의 손
이 보이지 않았다.

이어 화보를 박스 사이에 찔러 넣은 노숙자가 걸음을 뗐다.

"맨홀!"

이 외침은 승우가 질렀다. 조바심으로 미칠 것만 같은 목소
리였다.

화면이 맨홀만 잡아냈다. 각도 때문에 다 보이지는 않았다.
하지만 한 가지는 분명해 보였다. 뚜껑이 제자리로 돌아갔다
는 것.

"으아악, 저 개자식!"

강력반장이 자지러졌다.

"아까… 거기서부터 다시!"

승우가 침착하게 말했다. 직원은 노숙자의 등장부터 다시
플레임을 시작했다. 고사리 손이 보이고, 노숙자 손의 화보가
보이고, 노숙자의 허리치기에 이어 다경이 손이 사라지고, 맨
홀 뚜껑이 덮였다.

"……!"

그리고 다시 일상이 시작되었다. 지독한 일상… 무심하도록
지독한 일상……. 한 아이는 사라졌지만 할아버지는 리어카
를 밀고 앞으로 갔고, 노숙자는 흡족한 얼굴로 맨홀을 돌아

보고는 반대 길로 사라졌다.

"이런 개자식!"

강력반장이 문을 박차고 나갔다. 그리고 형사들을 닦달하는 소리가 들렸다.

"최 형사, 김 형사, 전 직원 소집해. 의경까지 전부 투입해서 박찬진, 그 개자식 잡아들여. 빨리!"

탁탁탁!

형사들이 숨 가쁘게 쏟아져 나갔다.

그때까지도 승우의 시선은 화면에 있었다. 배다경의 고사리 같은 손가락. 노숙자의 외투를 움켜쥔 손가락… 저렇게 잔뜩 움켜잡았다는 건 겁을 먹었다는 얘기였다.

걸린 시간은 3분 15초…….

아아!

무슨 짓을 한 건가? 무심하게도 그 시간에 지나가는 사람이 없었다. 올 때는 박스에 가려 보이지 않았고, 겨우 모습을 드러냈을 때는 노숙자에게 막혔다.

폐지 할아버지 탓이었을 것이다. 집에서 나온 다경이는 할아버지를 만났다. 아는 할아버지니 반가웠다. 할아버지를 불렀지만 듣지 못했다. 가는귀를 먹은 탓이다. 착한 다경이는 리어카를 밀었다. 슬프게도 병원 방향이었다. 슬프게도 박스가 너무 무거워 보였다. 슬프게도 다경이는 착했다.

슬프게도. 슬프게도…….

"우리도 가십죠."

승우가 석 반장을 보며 일어섰다.

"검사님이 직접 찾아보시게요?"

형사과장이 물었지만 승우는 돌아보지 않았다.

경찰이 비상출동을 하고 있었다. 승우는 차를 몰아 맨홀 현장으로 직행했다.

끼아악!

현장에서 차가 급정거를 했다. 거리는 이미 어둠이 깊어진 지 오래였다.

"노숙자라면 이 시간에… 지하도나 공원 같은 데 있을 겁니다요."

석 반장이 의견을 개진해 왔다.

"형사대도 그런 쪽을 중심으로 수색하겠죠?"

"그야 기본입죠."

"그럼 우리는 여기 있어요."

"예?"

"범죄자의 기본 중의 기본이 뭐죠?"

"범행 현장으로 돌아온다?"

"박찬진… 그놈은 범행 후에도 여길 자주 지나갔어요. 당장

잡히지 않았다면 또 올 겁니다."

"검사님……."

"다경이의 혼이… 아마 그놈을 불러올 겁니다."

"……."

"느긋하게 가자고요. 느긋……."

승우는 그 말로 자기 자신을 달래고 있었다. 미친 듯이 뛰어나가고 싶지만 박찬진은 영기가 아니었다. 태을신장의 힘으로 어쩔 수 없었다. 민민과 힘을 합쳐도 헛수고에 불과할 일이었다.

"그럽죠. 검사님 촉이라면……."

석 반장은 구석으로 가서 잠복 모드로 포진했다. 승우 역시 차 안에서 사방을 주시했다.

"민민……."

승우는 빛으로 새어 나온 민민을 바라보았다.

"네?"

"여기로 올까?"

"올 거예요."

"너도 그렇지?"

"네. 그 아이와 엄마… 아니, 동생까지 모두 나쁜 아저씨가 잡히길 바랄 테니까요."

"그렇지?"

"그것도 아저씨 손에!"

민민히 힘주어 말했다.

30분 경과!

노숙자는 나타나지 않았다. 석 반장이 조용한 걸 보니 경찰
서에서도 검거 소식은 없는 모양이었다. 그리고 마침내 자정
이 가까울 무렵······.

"아저씨······."

앞을 보던 민민이 안개처럼 비밀스레 속삭였다.

'왔다!'

승우의 눈에 불덩이가 후끈 들어왔다. 긴 외투를 끌며 비칠
비칠 걸어오는 인간. 소주병을 든채 흐물거리며 지나가는 여
자들에게 시비를 거는 인간. 틀림없는, 틀림없는 박찬진이었
다.

딸깍!

승우는 승용차의 문을 열고 내렸다. 그의 분노도 함께 내렸
다.

"뭐야?"

박찬진, 앞이 가로막히자 눈부터 게슴츠레하게 치떴다. 그
는 까무룩한 시선으로 소주를 한 모금 빨았다.

"뭐냐고? 씨발 놈아!"

육두문자가 튀어나왔다. 커다란 덩치에 전과자, 게다가 가진 것 없는 노숙자. 잃을 게 없는 사람은 허세를 부릴 수 있었다. 이럴 경우 많은 사람이 피해간다. 똥이 더러워서 피하지. 상대해 봤자 손해인 것이다.

하지만 그 앞을 막은 사람은 송승우였다.

"배다경 알지?"

승우가 물었다.

"배다경? 어떤 기집년인데?"

박찬진이 이죽거렸다.

"네가 저 맨홀에 빠뜨린 꼬마. 지금부터 열하루 전, 오후, 박스 리어카 앞!"

"……!"

술병을 빨던 박찬진이 동작을 멈췄다. 술에 취했지만 그도 촉이 있었다. 경찰을 알아보는 범죄자의 촉……

"잇!"

그는 소주병을 휘둘렀다. 대비하고 있던 승우가 옆으로 돌며 킥을 옆구리에 꽂았다.

"이런 씨발 놈!"

쓰러진 박찬진이 품에서 칼을 뽑아 들었다.

"검사님!"

뒤에 있던 석경태가 몸을 날렸다. 둘은 서로 엉켜 뒹굴었다. 하지만, 노숙자의 필사적 반항이 더 우위였다. 어느새 석 반장 위에 올라탄 노숙자가 나이프를 겨누었다.

빠악!

"……!"

석 반장의 귀에 들린 건 자기 살을 꿰뚫는 소리가 아니라 마찰음이었다. 그의 눈앞에서 노숙자가 나이프를 놓치며 넘어 갔다. 승우가 권총을 꺼내 그의 뒤통수를 후려친 것이다.

"검사님……."

"체포해요!"

노숙자의 오른손목을 밟고 선 승우가 소리쳤다. 석 반장은 재빨리 수갑을 꺼내 노숙자를 제압했다.

"으아아, 씨바알!"

술기운에 독기까지 오른 박찬진, 수갑이 오른손을 구속하자 몸부림을 쳤다. 그래봤자 소용없었다. 수갑의 다른 한쪽은 어느새 화단의 쇠파이프에 걸렸기 때문이었다.

"박찬진!"

승우가 그 앞으로 다가섰다.

"그래, 이 씨발아. 넌 뭐야? 뭐냐고?"

박찬진은 계속 길길이 날뛰었다.

퍽!

응징이 뒤따랐다. 석 반장의 주먹이 그의 복부를 지른 것이다.

"하던 얘기 계속해야지. 그 꼬마……."

"그래서 뭐? 그 꼬맹이 내가 올챙이 좀 먹였다. 왜?"

'올챙이?'

"야, 이 씨바라들아! 원래 계집의 구멍은 다 남자의 좆대가리를 위해 존재하는 거야. 알아?"

"그럼 그 어린 애에게?"

"왜? 너도 노하우 알려줘? 어린애들 입하고 똥구멍이 얼마나 맛있는 줄 알……!"

뻐억!

다시 둔탁한 소음이 허공을 흔들었다. 이번에는 승우, 권총으로 박찬진의 이마를 후려쳐 버렸다.

"이, 이런……."

이마가 깨진 노숙자가 눈을 번들거렸다.

"다시 말해봐라. 그 어린애한테 뭘 어쨌다고?"

"씨발놈아, 내가 영양만점 생우유 좀 먹였다잖아? 걔가 니 딸이냐 애인이냐? 개자식… 윽!"

발악을 하던 노숙자, 기어이 복부를 안고 무너졌다.

"이런 개자식, 니가 인간이냐? 니가 인간이야?"

승우의 분노가 폭발하고 말았다.

퍽퍽퍽!

승우는 미친 듯이 노숙자를 짓밟았다. 우려하던 일… 차마 듣고 싶지 않던 말이 놈의 입에서 튀어나왔다. 그 천사 같은 아이에게 몹쓸 짓을 한 것이다.

죽이고 싶었다.

그 입을 찢고 고추를 잘라 처박고 싶었다. 아니, 이대로 놈의 고추를 향해 총알을 쾅!

"검사님!"

석 반장이 몸으로 승우를 막아섰다. 어느새 사람이 꽤 많이 모였다. 더 이상의 폭력은 곤란했다. 그사이에 경찰차가 도착하자 사람들의 관심이 그쪽으로 쏠렸다. 승우는 놈의 사타구니를 밟아버리고 총을 거두었다.

"배다경 범인이야. 압송해!"

석 반장이 경찰들에게 말했다.

"으아악, 으아악!"

노숙자는 경찰차에 태워지면서도 거칠게 반항했다. 하지만 이미 두 손을 제압당한 처지. 별수 없이 우겨넣어지고 말았다.

'후우!'

경찰차가 멀어지는 걸 보고서야 승우는 겨우 숨을 골랐다. 어디서 뽑아왔는지 석 반장이 자판 커피 한 잔을 내밀었다.

"마시십쇼. 좀 나을 거외다."

뜨거운 커피가 뜨겁지 않았다. 그래도 그 한 잔이 승우의 맥박을 떨어뜨렸다.

"내가 서에 들어가서 경과 지켜보고, 조서 나오면 한 부 보내라고 할 테니 검사님은 그만 들어가십죠."

"그러죠."

"거 참… 세상이 어떻게 되려고……."

석 반장은 하늘을 보며 한숨을 토했다.

"민민……."

차로 돌아온 승우는 보닛에 기댄 채 손목을 보았다.

"네……."

민민이 손목 위에서 대답했다.

"내가 너무 심했니?"

"아뇨, 저는 시원했어요."

민민은 승우 편이었다.

"고맙다."

"제가 고마운걸요."

"네가?"

"나쁜 아저씨 잡아줘서요."

"네 덕분이야."

"저요?"

"응!"

네가 아니었다면, 지금도 어디선가 야시시한 여자를 끼고 양주나 빨고 있겠지. 세상이 썩든 말든. 승우는 시선을 비낀 채 깊은 숨을 내쉬었다. 이제는… 완전히 진정이 된 상태였다. 그때 승우의 전화기가 울었다. 석 반장이었다.

―댁입니까?

"아직요……."

―그럴 줄 알았습죠. 빨리 들어가십쇼.

"웬일로요?"

―그게… 맨홀 안에서 추가로 발견된 사체 있잖습니까? 그 친구도 박찬진이 살해한 모양입니다요.

"……?"

―이놈이 자포자기를 한 건지 바로 불었습니다요. 겨울에 노숙자를 하나 더 맨홀에 빠뜨렸다고……. 자기 자리에서 자길래 몇 번 밟아주었는데 허리가 부러진 것 같아서 처넣었다는군요. 그래서 범행이 들통날까 봐서 더 그 자리를 맴돌았던 것 같습니다요.

"그래요?"

―국과수 부검 결과와도 일치하고 있다고 합니다요. 거기서도 사체의 척추가 부러져 있었다고…….

"다경이 결과는요?"

―그게… 검사님 짐작이 맞았습니다요. 입과 항문을 검사

했는데 입에서 그놈 체액이…….

체액……. 젠장!

─들어가십쇼.

"그래요. 고맙습니다."

승우는 전화를 끊었다. 한 번 더 맥이 풀렸다. 이미 알고 있는 사실이지만 그걸 확인한다는 건 기분 더러운 일이었다.

승우는 결국 이날 잠들지 못했다. 마음만 먹으면 집으로 갈 수 있었지만 그러지 못했다. 경찰서 마당에 차를 세운 승우는 박찬진의 심문을 끝까지 지켜보았다.

3분 15초…….

다경이에게 결코 보여줘서는 안 될 지옥을 보여준 인간…품안의 권총으로 머리를 부셔도 직성이 풀리지 않을 인간…….

그러나 사건은 아직 끝이 아니었다. 다경이는 찾았지만, 그의 죽음에 대한 의문도 풀렸지만, 아직 남은 게 있었다.

다경이 엄마 조은하, 그리고 산부인과 의사!

박찬진은 조은하에 대한 범죄는 강력히 부인했다. 본 적도 없는 여자라는 거였다. 혹시나 싶어 연결해 봤던 형사들도 그쯤에서 심문을 그쳤다.

하지만 그건 경찰의 입장.

승우는 달랐다.

경찰에는 말하지 못했지만 다경이의 죽음은 의사와 연관이
있었다.

"산부인과 간호조무사가 연행되어 왔지요?"

조사를 끝내고 한숨 돌리는 강력반장에게 승우가 물었다.

"아, 네……."

"그거 어떻게 된 건지 좀 알 수 있을까요?"

"그 건과 배다경 건이 연관 있을까 봐서요?"

"그냥요, 같은 날 사고가 났다길래……."

승우는 적당히 둘러댔다.

"아, 뭘 따지고 그래? 이거 우리 송 검사님 아니었으면 두고
두고 조뺑이 칠 사건이었잖아? 빨리 설명해 드리라고."

옆에 있던 석 반장이 슬쩍 압박을 했다.

"야, 김 형사! 이은별 네가 취조했지? 여기 설명 좀 드려!"

강력반장은 공을 담당 형사에게 넘겼다.

"그게 말이죠……."

형사가 조서 더미를 들고 와서 설명을 시작했다.

이은별!

그녀는 공갈 및 협박에 금품수수 혐의로 구속되었다. 의사
에게 긁어낸 돈이 무려 6천만 원이었다. 경과는 이랬다. 조무
사로 일하던 그녀가 의사의 몹쓸 짓을 발견한 것이다.

이 의사는 변태기가 있었다. 젊고 예쁜 환자가 낙태를 하러 오면 마취를 시킨 후에 간호사들 몰래 추행을 일삼았다. 그러다 이은별에게 현장을 들키고 말았다.

처음에는 유세나 떨고 월급이나 좀 올려달랄 생각이었다. 그런데 말 타면 종 앞세우고 싶다고 의사가 매번 들어주자 간덩이가 부었다. 결국 이런저런 핑계로 돈을 요구하게 되었다. 그 기록이 카톡에 남아 덜미를 잡힌 것이다.

그 행실은 동료들 눈에 띄었다. 이은별의 옷과 가방이 주로 명품이었던 것. 결국 의사 사망 후의 직원들 개별 조사에서 이은별이 수상하다는 진술이 나오게 되었다.

"그게 답니다. 의사가 사망한 수술에도 참여하지 않았고… 직원들 진술에도 그게 밝혀져 사망하고는 직접 관계가 없는 것으로……."

형사는 설명을 끝냈다.

승우는 유치장에 감금된 이은별을 보았다. 특별한 영기는 보이지 않았다. 결국 의사의 죽음은 진전되지 않았다.

유치장을 나올 때였다. 강력반장을 찾아온 배한서가 승우를 보고 달려왔다.

"검사님!"

"아, 오셨군요."

승우는 묵례로 배한서를 맞았다.

"고맙습니다. 검사님이 범인까지 잡으셨다고……."

할머니까지 다가와 거푸 인사를 해왔다. 반장이 이실직고를 한 모양이었다.

"늦어서 죄송합니다."

"아이고, 아닙니다. 다 가난이 죄지요."

가난…….

힘없는 사람들의 주메뉴가 나왔다.

그건 결코 죄가 아니다.

하지만 다경이네가 부자였다면 어땠을까? 그랬다면 낙태를 하지 않았을 것이다. 그랬다면 다경이가 엄마를 찾으러 가지도 않았을 것이다. 그랬다면… 그랬다면…….

혼자만의 생각이 깊어갈 때 할머니가 뜻밖의 말을 건네 왔다.

"실은 검사님이 여기 계시다기에 아범을 앞세워 달려왔습니다. 해드릴 건 없고… 해장국 좀 끓여놨는데 가서 한 그릇 드시고 가세요."

할머니가 승우의 손을 잡았다.

"예?"

"원래 여기 담당도 아닌데 발 벗고 나서셨다고요. 사는 게 그 꼴이라 모시는 것도 염치없지만 그래도 밥이나 한술 뜨고 가시면……."

"그러세요. 우리 집사람하고 다경이도 검사님 밥 한 그릇 대접하고 싶을 겁니다."

배한서의 말에 가슴이 찌근거렸다. 승우는 더 사양하지 못했다.

"드세요!"

다경이네 집에 도착하자 밥이 나왔다. 해장국 맛은 그저 그랬다. 입안이 까칠해진 탓이었다. 대충 밥을 비우고 거실로 옮겨 커피를 받았다.

집은 황량했다.

얼마 전까지만 해도 다경이의 명랑한 웃음이 꽃을 피웠을 이 집… 그사이에 초원이 사막으로 변한 느낌이었다.

"……?"

다리를 펴기 위해 뻗던 승우, 발끝에 뭔가 닿았다. 고개를 숙여보니 워크맨이었다.

"다경이가 가지고 놀던 건데, 제가 정신이 없어서……."

배한서의 눈에 눈물이 그렁거렸다.

가만 보니 버튼이 녹음 모드로 눌려져 있었다. 그리고… 테이프도 끝까지 감긴 상태였다.

'다경이 목소리가 있을까?'

승우는 별생각 없이 재생 버튼을 눌렀다. 노래가 나왔다.

—곰 세 마리가 한집에 있어…….

─엄마, 아빠, 다경이!

그러고 보니 딱 셋이었다.

"별거 없을 겁니다. 다경이가 맨날 신기하다고 눌렀다 지웠다……."

정말 그랬다.

테이프는 이런저런 일상을 담아내다 끊기고 이어졌다. 그래도 다경이 목소리는 구슬처럼 밝았다. 몇 마디들은 승우는 스톱 버튼을 누르려 손을 가져갔다. 할머니 앞에서 계속 들을 사안이 아닌 것 같았다.

그런데!

거기서 조은하의 목소리가 새어 나왔다.

─배다경!

그리고…….

바로 대답하는 다경이의 목소리가 씩씩했다.

─네에!

─봉숭아 꽃물 들이자. 물이 예쁘게 들면 소원이 이루어진대.

─정말?

─그럼. 우리 다경이 소원은 뭐야?

─피자!

목소리가 높아졌다. 그러다 다시 조용해졌다. 녹음기 안에

서는 작은 소음만 새어 나왔다. 봉숭아 꽃물을 들이는 모양이
었다. 소리는 조금 후에야 다시 이어졌다.

봉숭아 꽃물…….

다경이 손톱에 남아 있던 그 예쁜 꽃물, 하수구 안에서도
선명하던 그 꽃물…….

'꺼야겠군.'

눈으로 스톱 버튼을 찾았다.

—엄마, 병원 가야 하는데?

"……!"

버튼을 누르려던 손이 저절로 떨어졌다. 그 말에 촉수가 곤
두선 것이다.

병원!

만약 사건 당일 녹음이라면 그 병원을 말하는 것이다.

—병원? 왜?

—이리 와봐. 엄마가 신기한 거 보여줄게.

—신기한 거?

툭, 뭔가 떨어지는 소리가 들렸다. 다경이가 손에 들고 있던
워크맨을 내려놓는 모양이었다. 모녀의 대화는 계속 이어졌
다.

—여기 뭐가 있는 줄 알아?

—똥배!

그리고 까르르 굴러가는 다경이의 웃음소리……

—여기 다경이 동생 있어.

동생…….

이제는 배한서와 할머니도 워크맨에서 눈을 떼지 못했다.

—동생이 왜 여기 있어?

—저번에 엄마랑 병원 갔었지? 그때 의사 선생님이 그랬어. 여기 다경이 동생 생겼다고.

—그럼 빨리 나오라 그래. 나랑 놀게…….

—그런데… 지금은 그냥 보내야 해.

—왜?

치익!

거기서 잠시 소음이 끼어들었다. 그래도 모녀의 대화는 끊이지 않았다.

—아빠 고생하시지? 그래서 동생까지 나오면 안 돼. 동생은 잠깐 보냈다가 아빠가 돈 많이 벌면 그때 다시 오라고 해야겠어.

—피이… 그럼 내 과자 나눠먹으면 되잖아. 우유도.

—다경이는 의젓하니까 엄마 마음 알지? 엄마가 동생 보내고 올 테니까 집에서 기다리고 있어. 꽃물이 예쁘게 들려면 손 움직이면 안 돼.

—동생 안 보내면 안 돼?

─안 돼. 할머니가 곧 올 거니까 밖에 나가면 안 돼.

─엄마…….

─이건 다경이 하고 엄마의 비밀이야. 아무한테도 말하면
안 돼.

─비밀?

─약속!

─알았어. 약속…….

─우리 다경이 예쁘기도 하지.

─엄마…….

─응?

─그런데… 동생이 뭐라고 그런다.

─엄마 갔다 올게.

─엄마…….

탁!

문 닫기는 소리가 끼어들었다. 그리고 한참의 무언… 그러
다 갑자기 다경이가 빼액 소리를 질렀다.

─나 소원이 바뀌었어!

─동생이 나보고 그랬어. 살려달라고.

─그러니까 동생 살려줘. 나 피자 안 먹어도 돼.

─엄마…….

─동생 보내면 안 돼. 가기 싫대!

끼이…….

문 열리는 소리……. 그리고…….

―엄마!

멀어지는 다경이의 목소리…….

녹음은 거기서 끝이었다. 녹음 버튼이 눌러진 채 끝까지 감 겼겠지만 더는 말할 사람이 없었다.

배한서와 할머니의 눈에서 수돗물이 쏟아지고 있었다. 승 우는 녹음기를 배한서에게 안겨주었다.

"우워어억!"

배한서가 가슴으로 절규하기 시작했다. 그건 태초의 절망 과 절규를 동시에 담고 있었다. 너무 아파 소리가 나지 않는 절규. 너무 커서 목으로는 나오지 않는 절규…….

승우는 천천히 집을 나왔다.

"아이고, 아범아!"

할머니의 통곡이 뒤를 이었다.

아프다.

배다경…….

어린 그녀에게도 신밥을 먹을 신기(神氣)가 있었던 걸까? 아 니면 정말로 태아가 말을 했을까? 이제는 영영 알 길이 없지 만 승우는 다경이를 믿기로 했다.

나 말고 내 동생!

어쨌든 동생을 만났다.

너무 일찍 만난 게 흠이었지만…….

부디 좋은 곳으로 가기를.

승우는 몇 번이고 그 말을 되풀이했다.

5장

Don't touch me

다경이 실종 사건은 승우에게 많은 깨달음을 주었다. 우선 성범죄자에 대한 경계가 그것이었다. 아동 성범죄의 심각성에 대해 듣기는 했지만 실제로는 처음 접한 승우, 실로 충격이 아닐 수 없었다.

오직 한순간의 쾌락과 욕망의 충족을 위해 하나의 수단으로 사용된 어린이의 인권.

그걸 생각하면 지금도 분노가 치밀었다. 다음으로는 흔히 말하는 나비효과의 위력이었다. 얽히고설킨 인과관계는 무서웠다.

한 의사의 삐뚤어진 욕망, 그 또한 어린 영기에 의한 살인을 자처했다. 안타까운 건 다경이였다. 엄마와 동생에게 위해를 가한 의사는 징치했지만 정작 그 자신을 죽게 한 노숙자에게는 한을 풀지 못했다.

그러고 보니 사회도 마찬가지였다. 법은 공정하다고 했지만 과연 그런가? 죄를 지은 사람은 누구나 응당한 벌을 받고 있는가?

NO!

당장 유경찬의 뇌물 횡령 비리도 그랬다.

아침, 사우나로 정신을 차리고 출근하니 지검이 술렁이고 있었다. 한성범이 전방위 압박을 시작한 모양이었다. 차장들은 대책 회의를 하느라 바빴다.

이제 곧 지검장 자리를 노리고 있는 그들. 과연 정치권의 압박에서 의연할 수 있을까?

한숨이 나왔다. 빠라끌리또들과 어울려 나날을 주지육림과 향응으로 일삼던 승우. 그때 승우를 바라보는 직원들의 시각이 어땠을지 알 거 같았다.

개 버러지!

인간쓰레기!

그랬을 것이다.

쓸쓸한 미소를 머금고 있을 때 와야 할 사람이 왔다. 처세의 왕, 국종도가 호출을 한 것이다. 그가 왜 왔을까? 승우는 감을 잡았다. 전방위 압박이 자신에게도 가까웠음을. 승우야 말로 그 중심의 한 명임을.

"이어, 송 검사!"

그는 주차장에 있었다.

주차장에서의 미팅.

보는 눈이 많은 곳.

오랜 시간이 걸리지 않을 거라는 암시가 왔다.

간 김에 잠깐 얼굴 좀 보았을 뿐!

그건 또 그런 장점이 있었다.

"바쁘지?"

"예, 조금⋯ 한성범 의원 때문에 오셨습니까?"

승우, 그냥 처음부터 돌직구를 날려 버렸다. 뻔한 일을 가지고 신경전을 벌이고 싶지 않았다.

"알고 있군."

"제가 단서를 잡아왔으니까요."

"잘했네."

"⋯⋯."

"뭐 잘 알겠지만 그 인간들이 좀 착각이 심하잖아? 에브리 띵은 내 전화 한 통이면 끝이다라는 식의 인생관⋯⋯."

"……."

"오해 말게. 그 친구들이 등 떠밀어서 온 건 아닐세."

"……."

"물론 등을 떠밀기는 했어. 그런데 그 대상이 자네길래 사양했네."

"……."

"내가 송 검사 좀 알잖아? 수사든 향응이든 했다하면 끝장을 본다는 거……."

"칭찬이시죠?"

승우가 피식 웃었다. 많은 의미가 담긴 미소였다.

"그건 알지? 자네가 그 인간 아킬레스건을 제대로 물었다는 거."

"예……."

"내가 해준 말도 기억하지?"

"정치권의 약점을 잡으면 뽑을 수 있을 때까지 뽑아먹어라."

"전 같으면 몰라도 이제 그 말은 허언이 되었을 테고……."

"예!"

승우도 공감했다.

"또 다른 말이 있었을 거야."

"밟으려면 찍 소리도 못 하게 밟아라. 사돈의 팔촌까지!"

승우, 이번에는 날선 눈빛으로 대답을 대신했다.

"양 부장… 생각보다 버티더군. 아니면 자네를 방패로 삼고 있는 것일 수도 있고……."

"……."

"사설이 길었고, 조심하라는 말을 전하러 왔네. 한성범… 국민 앞에서는 웃지만 자기 이권을 위해서는 야비한 '분'이니까."

"고맙습니다."

"오늘쯤 자넬 부를 걸세. 미리 마음을 정리하고 있으면 도움이 될 거야. 어차피 결론은 자네 몫이니까."

"예……."

"가네."

국종도는 손을 들어 보이고는 차에 올랐다.

떠날 때를 알고 가는 사람의 뒷모습은 아름답다. 어디선가 들은 말… 그 말이 실감 났다. 더 이상 군소리를 해댔다면 추했을 국 차장이었다.

승우는 사무실로 돌아왔다.

"어머, 양 부장님 못 보셨어요? 방금 전에 오셨었는데……."

"신경 끄고 업무!"

승우는 의자를 당겨 앉았다.

사실, 별로 신경 쓰이지 않았다. 전 같으면 이미 그 서류를 들고 보고(?)를 자청하고 있을 일. 그리하여 한성범이 개처럼 쓰다듬어 주면 뿌듯하게 웃었을 일.

'내 빽은 한성범이다.'

그 공식이 성립되었을 일.

하지만 이미 단호하게 엎어버린 밥상이 아닌가?

'그보다는……'

궁금한 건 따로 있었다. 바로 다경이 엄마 조은하의 주검. 그것만은 아직 이해가 되지 않았다.

디롱다롱다로롱!

기다리던 전화가 왔다. 의사 차일승의 조무사로 일하던 구영애, 그녀가 입원한 병동의 수간호사였다. 환자 정신이 들면 전화를 넣어달라는 부탁을 했던 차였다.

"출장 좀 다녀올게."

승우가 일어서자.

"어머, 양 부장님이 꼭 보셔야 하는 모양이던데……."

나수미가 고개를 들었다.

"금방 들어온다고 그래."

승우는 웃으며 복도로 나왔다.

양 부장…….

그 역시 이 정도 파장은 각오했을 것이다. 그러니 시시콜콜 그와 머리를 맞대고 숙덕거릴 필요는 없었다.

"이쪽이에요!"

수간호사는 고맙게도 로비까지 나와 주었다. 신분과 용건을 밝힌 게 도움이 된 모양이었다.

"정신이 완전하지는 않아요. 헛소리를 자주하거든요."

"아, 네……."

"잠깐 상태 확인한 후에 또 진정제와 수면제가 처방될 거라 이때밖에 시간이 안 나요."

"헛소리라면……."

"귀신이이래요."

"귀신?"

마음에 드는 단어였다.

수간호사가 구영애의 침대 앞에 멈췄다.

"이제 곧 깨어날 거예요."

환자는 구석 침대에 있었다. 그녀를 보는 순간 승우는 왜 그런 말을 하는지 알았다. 그녀의 가슴팍에 제대로 박힌 여린 영기 때문이었다.

그녀의 가슴팍… 가냘픈 영기가 창처럼 꽂혀 있었다. 그러니 어찌 헛소리를 하지 않을까? 어찌 정신이 온전할까? 그나마 여린 영기였기에 망정이지 조금 더 강했다면 사망에 이르고도 남았을 일이었다.

"제가 보기에… 이제 괜찮아졌을 것 같은데요?"

승우는 슬쩍 영력을 올려 영기의 창을 뽑아버렸다. 순간!

"……!"

환자가 눈을 번쩍 떴다.

"어머!"

수간호사도 놀라운 눈치였다.

환자는 제 가슴팍을 내려다보더니 안도의 숨을 쉬며 침대에 늘어졌다.

"어머어머, 선생님!"

놀란 수간호사가 데스크 쪽으로 뛰었다.

"구영애 씨, 몇 가지 물어볼 게 있어서요."

승우가 신분증을 내밀었다.

"검사님?"

"의사가 죽은 거 알아요?"

"죽었군요……."

"그때 상황 좀 얘기해 주세요."

"그때……."

그녀는 불안이 가시지 않은 듯 한 번 더 가슴을 내려다보았다.

"거기 붙어 있던 건 내가 치웠어요."

"검사님이요?"

"내가 부적을 좀 알거든요. 마침 맞춤한 게 있어서 갖다댔

더니 사라지더라고요. 가슴 시원하죠? 그러니 편하게 생각하고……."

승우는 환자를 안심시켰다. 그녀는 가슴 부분을 확인한 후에야 천천히 입을 열었다.

"낙태 수술 중에……."

"환자 기억해요?"

"조은하……."

"계속하세요."

"원래는 제 차례가 아니고 은별 언니가 들어갈 차례였어요. 그런데… 수술 직전에 선생님이 바꾸었어요. 은별 언니는 은행에 보내고……."

"뭐 이상한 건 없었나요?"

"별로… 마취가 잘 안 됐다고 10분 후에 들어오라고 한 것밖에는……."

"그리고요?"

"10분 후에 들어갔는데 선생님이 착각한 건지 마취는 잘되어 있었어요. 그래서 수술을 시작했어요."

"별일 없었다?"

"뭐 선생님 얼굴이 좀 상기된 것밖에는……."

"수술 중에는 아무 일 없었나요?"

"그게… 수술 도중에 선생님이 몇 번이나 움찔……."

"의사가요?"

"컨디션이 안 좋은 거 같다고 그랬어요. 그리고 저도… 탈락된 내용물을 치울 때부터 갑자기 검은 연기 같은 게 가슴을 파고들더니 가시 손으로 움켜쥔 듯……."

"……."

"그래서 선생님이랑 휴식을 취했는데 그다음 환자 수술 때……."

의사가 죽었다.

구영애는 의식을 잃고 쓰러졌다.

영기 때문이었다. 배다경의 영기… 노숙자의 영기를 빌린 배다경의 영기가 동생을 살리러 왔던 것이다.

그림이 그려졌다.

예쁜 환자를 보면 마취 후 성추행을 일삼은 파렴치한 호색한 의사. 자기의 추함을 아는 조무사가 들어오면 부담스러웠기에 구영애로 바꾸었다. 마취를 핑계로 확보한 10분간 뭘 했을지는 안 봐도 알 것 같았다.

그때 다경이의 영기가 도착했다.

엄마를 찾아서!

동생을 살리기 위해!

엄마에게 이상한 짓을 하는 의사를 혼내주었다. 하지만 급살하지 않은 건 다경이의 착한 마음 때문이었다. 어리고 예쁜 영혼의 다경… 그저 이 추악한 의사에게 벌을 주었을 뿐이다.

그리고 수술이 시작되었다. 이번에는 좀 더 필사적이었다. 어떻게든 동생을 살리고 싶었을 테니까. 결국 그게 누적되다 보니 치명타가 되었다. 그래서 나중에야 의사가 죽은 것이다.

그래서 간호사는 살았다. 그녀에게 가해진 벌은 의사에 비해 훨씬 약했던 것이다.

의사와 간호사의 사건은 이렇게 이해가 되었다. 그래도 한 가지가 풀리지 않았다. 바로 조은하였다.

수술에는 이상이 없었다.

그런데 왜 죽었는가?

멀쩡하게 젊은 주부.

평소에 질환도 없었다. 원인으로 꼽을 수 있는 건 오직 임신과 유산. 가난한 살림 덕분에 남편에게도 말하지 않은 유산……

이 의문은 국과수의 이성욱 검시관이 풀어주었다.

―아이코, 그거 공기색전이 의심되네.

승우의 전화로 그가 무릎을 치는 소리가 들려왔다.

"공기색전이요?"

―잠깐만요, 내가 그 기록 좀 볼게요.

이성욱은 오래지 않아 말을 이었다.

—이거 사인 불명으로 나갔네요. 심장마비, 쇼크, 독극물……. 다 검사했지만 나오는 게 없었어요. 그런데 산부인과에서 낙태 수술을 받았다는 말은 없었거든요.

"아, 그게 고인이 남편도 몰래 혼자 가서 뗀 모양입니다."

—그렇군요. 이게 그렇게 되면… 공기색전을 증명하려면 특별한 방법으로 심낭을 절개해야 하는데 일반 부검식으로 심장을 떼어내면 공기가 날아가 버려서 알 수가 없거든요.

"수술에는 문제가 없었다고 하던데요?"

—그게 낙태 수술 받았다고 다 공기색전중으로 가는 게 아니고……. 그야말로 가뭄에 콩 나듯 드문 확률이거든요.

"예?"

—간단히 설명하면 이렇습니다. 우리 혈관에는 오직 피만 흘러야 하잖습니까? 여기에 다른 물질이 들어가면 혈류가 막힐 수 있습니다. 예를 들면 인체가 데미지를 받으면 조직이나 지방덩어리, 공기 같은 게 들어가 혈관을 막는데 이를 엠보리즘(Enbolism), 즉 색전이라고 합니다. 그러니까 공기가 들어가면 공기색전이지요.

"예……."

—그럼 소파 수술에 웬 색전이냐 하고 물으실 거 같은데……. 소파 수술이라는 게 일종의 제거술로 태아 및 그 밖의 자궁 내용을 강제로 긁어내는 것 아닙니까? 이때 자궁 벽

의 혈관이 대량으로 노출되면 이 혈관을 통해 공기가 혈관 안으로 들어갈 수 있지요. 이게 심장 쪽으로 모여 양이 많아지면 심장을 헛돌게 만들어 사람을 죽게 만드는 것이죠.

"……."

―말하자면 그것도 돌연사인데 젊은 주부가 거리에서 갑자기 죽었다면 가능성이 있습니다. 다만 부검에서 놓치는 경우가 있는데 시신에 대한 정보 부족이 한 원인이지요. 요즘 젊은 여자들은 임신을 해도 남편에게 말없이 유산하는 경우가 꽤 되니까요.

이 검시관은 그 밖에도 두어 가지 돌연사를 더 짚어주었다.

첫 째는 승우도 아는 흉선임파선 특이체질.

이 체질은 큰 소리로 욕을 듣거나 뺨을 한 대 맞는 정도에도 사망할 수 있다. 그다음은 역시 심근경색증. 이 증상의 10% 정도 환자는 병에 수반되는 증상이 없을 수 있다고 한다.

"아!"

승우의 입에서 탄식이 새어 나왔다.

공기색전!

조은하를 죽인 범인은 공기색전인 모양이었다. 그걸 증명할 수 있는 건 특별한 부검. 하지만 이미 일반 부검법으로 부검해 버렸기에 영영 증명할 수 없는 일이 되어버렸다.

"공기가 들어가는 게 그렇게나 무서운 겁니까?"

승우가 물었다. 과거, 혈관에 공기가 한 방울만 들어가도 죽는다는 소리를 들은 기억이 났다. 하지만 현실은 어떤가? 병원에서 링거를 맞을 때, 공기가 숭숭 들어가도 간호사들은 별로 신경 쓰지 않는다. 그걸 볼 때마다 불안한 것은 환자뿐…….

"몇 방울의 공기 정도는 괜찮습니다."

그 의문도 이성욱이 정리해 주었다.

공기색전!

새로운 사실 하나를 마음 갈피에 찌르며 승우는 통화를 끝냈다.

운명이 다섯 주검을 한 사건으로 만나게 했다.

조은하, 배다경, 차일승, 박찬진, 그리고 하수구에서 발견된 노숙자.

서로 간에 특별한 원한은 없었다. 둘은 범죄 성향 내지는 범죄자였다. 가해자 셋에게는 사소했을 가해. 그러나 결과는 엄청난 파장을 몰고 왔다. 복잡다난해진 사회, 욕망과 쾌락 일변도로 치닫는 인간의 파국을 보는 것 같아 씁쓸했다.

시간이 더디게 갔다.

피로 때문이었다.

퇴근 무렵, 승우는 일찌감치 가방을 챙겼다. 고스란히 밤을 넘어온 피로는 의지로도 막을 수 없었다. 아무래도 오늘은 일찍 쉬는 게 좋을 것 같았다.

하지만 그건 단지 승우의 바람에 불과했다. 두 번이나 다녀갔다는 양 부장, 기어이 퇴근 직전에 그와 마주친 것이다.

"한 의원이 자네 만나기를 원하네."

양 부장이 말했다.

"꼭 만나야 합니까?"

"낮에 의원 항의단이 다녀갔네. 지검장님은 대검에 불려가셨고……."

"오리발이군요."

"내 선에서 막으려 했지만 어디선가 새어 나간 모양이네. 문건을 입수한 게 자네라고……."

"예."

"표면적으로는 그 경위를 자세히 들어서 문건 입수의 진위와 정치적 배후와 음모가 있는지 확인한 후에 입장을 정리하겠다는 건데……."

어이상실!

정치인들의 상투적이고도 전형적인 수법이었다.

결론은 뻔했다.

1차 회유!

2차 협박!

3차 딜!

3차가 나온다면 물증을 인정한다고 보면 정확했다.

"제가 만나죠!"

"……!"

승우가 기꺼이 말하자 양 부장은 놀라는 표정을 지었다.

"높으신 의원님이 원한다면 만나는 수밖에요. 그렇지 않으면 부장님이 곤란해질 테니까요."

"뭐, 나는 이미 곤란해졌네."

양 부장이 웃었다. 아군의 미소였다.

한때는 적으로 보였던 양 부장. 하지만 혹독한 전투(?)를 함께 치르다 보니 시나브로 아군이 되어버린 것이다.

"간단하게 못을 박아둘 테니 부장님은 수사 계획대로 밀고 나가십시오."

"10시, 강남의 청림각으로 가시게."

"부장님!"

"응?"

"만나고 싶으면 지금 오라고 전해주십시오. 그때까지는 못 기다립니다."

"송 검사……."

"칼자루는 우리가 쥐고 있는 거 아닙니까? 우리… 마음이 변치 않을 거라면요."

"그렇군."

양 부장이 웃었다.

한성범 의원!

그는 7시 15분에야 도착했다. 그 옆에는 검찰총장 출신의 의원을 대동하고 있었다. 자리의 격을 높여 승우를 압박하려는 속셈이었다.

하늘같은 선배에 하늘같은 검찰총장 출신! 분위기만으로도 한 수 먹고 들어갈 그림이었다.

특실 문을 연 그들은 눈을 동그랗게 떴다. 먼저 도착한 승우가 식사를 하고 있었던 것이다.

지엄한 분과의 식사 약속 자리에서 먼저 식사를 하는 승우.

청탁 사절이라 미리 못을 박는 것과 같았다.

"……!"

둘은 인상부터 찡그렸다.

"죄송합니다. 요즘 일이 너무 많아서 이리저리 뛰었더니 시장해서……."

승우는 변죽을 울리며 높으신 의원나리를 맞이했다.

"하긴 나랏일 제대로 하려면 먹어야지. 한국 사람은 결국 밥심인데……."

한성범은 대범한 척 받아쳤다. 밥 먹을 때는 개도 건드리지 않는 법. 그 역시 정치판에서 잔뼈가 굵은 몸이라 쉽사리 속 내를 드러내지는 않았다.

"요즘 검찰이 바쁘지?"

"곧 들어가 봐야 합니다. 어제도 밤을 새워서……."

"……."

"의원님도 국정을 돌보느라 바쁘실 테니 짧게 본론만 말씀해 주시면 고맙겠습니다."

승우는 냅킨으로 입을 닦았다. 동시에, 틈을 주지 않았다.

"소문처럼 화끈하군."

돌직구를 받은 한성범이 파울을 만들어냈다.

"자네 국종도 차장 알지?"

"예."

"그 친구가 내 신세를 좀 졌지. 하긴 내 신세진 검판사가 어디 한둘인가? 대검 요직부터 대법관까지……."

한성범이 의원을 돌아보았다. 슬슬 분위기를 조성하라는 신호였다.

"유경찬 문건을 자네가 입수했다고?"

검찰총장 출신 의원이 지원 사격을 시작했다.

"예! 미얀마에서요."

승우가 쭉 질러나갔다.

"그 문건 진위는 검사해 봤나?"

"유경찬의 자필이 확실합니다."

"너무 앞서가는군. 자필 확인은 본인이 인정해야 하는 거 아닌가?"

거기서 한성범이 끼어들었다.

"여러 가지 방법이 있지요."

세 사람의 얼굴은 웃고 있지만 말 속에는 칼날이 번득거렸다.

"일단 그렇다고 치세. 그런데… 자네가 미얀마까지 날아가서 그 문건을 찾아온 저의가 뭔가? 듣자니 자네는 애당초 그 사건의 주임검사도 아니었던데?"

다시 이어지는 의원의 지원 공세.

저의!

한복판으로 날아오는 직구.

그는 이미 정치판에 물들어 있었다. 말 물고 늘어지기의 달인들인 정치꾼의 저렴한 '특징'이 피부를 뚫고 들어왔다.

"검찰의 업무는 사안에 따라 공조와 협력, 지원이 가능하지요."

"나는 이유를 묻고 있네만……."

"검사가 범죄를 밝히는 건 사명이자 의무입니다."

"범죄라니!"

듣고 있던 한성범이 탁자를 살짝 내려쳤다. 단어가 거슬린다는 뜻이었다. 강단이 약한 검사라면 가슴이 철렁했을 일.

그런데 한성범은 상대를 잘못 골랐다.

송승우가 누군가?

온갖 이권에 개입하기 위해 승우 곁에 알랑거리던 빠라끌리또들과 진하디진한 교분을 나눠온 몸. 그들은 비록 권력이 없었지만 수단 하나는 타의 추종을 불허하는 사람들이었다.

왜냐하면 그들에게는 그게 목숨줄이기 때문이었다. 한성범에게는 권력이 걸린 일이지만 그들에게는 목숨이 걸렸던 일.

누가 더 간절하고 절실했을까? 말하지 않아도 알 일이었다.

한 시간이 흘렀지만 승우는 흐트러지지 않았다. 둘의 회유와 협박 공조는 씨도 먹히지 않았다. 한성범, 그는 몰랐지만 둘은 승우의 손 안에서 놀고 있었다.

"좋아, 그럼 이렇게 하세!"

결국 한성범은 딜이라는 카드를 꺼내들었다.

"자네가 원하는 보직을 주도록 하겠네. 승진 지원도 보장하지. 각서가 필요하면 써드리지. 그러니 입수 경위에 대해서만 살짝 연막을 쳐 두게. 그럼 내가 알아서 작업하겠네."

"의원님!"

이야기가 겉돌자 승우가 고개를 들었다.

"돈 받으신 적 없습니까?"

"어허, 이 사람이!"

의원이 바로 방어막을 펼쳤다. 이어,

"정치후원금이네."

한성범은 뇌물을 미화시켰다.

"그럼 염려하실 필요 없는 거 아닙니까?"

"정치는 자네가 생각하는 것보다 훨씬 복잡하다네."

"진짜 핵심은 아직 나오지 않은 것 같습니다만……."

"……."

잠시 날 세운 긴장감이 방 안을 휘돌았다.

"문건… 아직 언론에 공개는 안 했더군."

"……."

"언젠가 유사한 사건이 있었는데 그때도 누군가 유력 정치
인을 음해하려고 정치자금 장부라는 걸 공개했지. 하지만 그
장부는 일부 훼손이 되어 있었지, 아마? 자네, 그 노트를 꼼꼼
히 확인해 본 건가? 혹시 뜯겨 나간 부분이 있을지……."

찢어라!

두 번째로 증거인멸의 딜이 나왔다.

아마 양 부장에게도 비슷한 제의를 했을 것이다. 둘 중 하
나가 찢는다면 남은 하나는 따라갈 확률이 큰 일…….

"송 검사가 곧 청와대의 의중을 따르는 큰일을 맡게 된다
지? 그런 일 제대로 하려면 법의 뒷받침이나 예산도 필요하다

네. 그런 다음에야 실적을 기대할 수 있지. 막말로 그런 일이 인력 몇 명 배치하고 간판 달아준다고 저절로 되나? 그만한 힘과 권위, 예산이 따라야지."

"……."

"솔직히 나는 누구보다 검찰의 애로를 잘 아는 사람이네. 전도양양한 젊은 검사를 보면 이 나라의 동량으로 키우고 싶어 안달이 나는 사람이고……."

증거 인멸. 그 대가로 미래 보장…….

썩 마음에 드는 딜이었다. 만약 민민을 만나기 전이었다면 말이다.

그러나 한성범은 역시 술수에서 승우에게 밀렸다. 온갖 빠라끌리또들을 접하며 축적된 야비하고 비열한 수단의 노하우들. 그 속성까지는 모르는 한성범이었다.

그는 이 한정식집을 안가로 정했다. 은밀한 대화를 하기에 딱이었다. 그러나 인지하지 못했다. 검사도 도청을 할 수 있다는 걸. 승우의 무릎 옆에 놓인 핸드폰이 처음부터 대화를 녹음하고 있다는 사실.

호랑이를 만날 때는 만약을 대비해야 한다.

이름하여 보험용.

쿡쿡쿡!

"나는 하늘을 우러러 결백하네. 그렇기에 송 검사의 지지를 바라는 것일세."

한성범은 한 번 더 강조했다.

"자네와 나는 좋은 파트너가 될 수 있을 거야."

한 번 더 미끼를 날리신다.

파트너!

빠라끌리또가 되잔다.

"저는 검사로서… 검사의 길을 갈 뿐입니다."

미끼 따위는 물지 않았다.

"송 검사."

"하실 말씀 끝났으면 저는 이만!"

승우가 먼저 일어섰다. 대화에 있어 갑의 위치를 차지하려면 언제나 먼저 일어나야 한다. 그건 철칙이었다. 이 또한 빠라끌리또들에게 배운 철학이었다. 상대의 말이 남았을 때 일어나는 것, 한마디로 상대의 똥줄을 태우는 일이었다.

"송 검사!"

문을 여는 승우의 어깨를 한성범이 잡아 세웠다.

"자네만 믿네!"

한성범, 마음에도 없는 말로 쐐기를 박았다. 그리고…….

"잘 생각해서 처신하시게."

은근한 최후통첩도 이어졌다.

카운터로 나온 승우는 n분의 1을 계산했다. 이건 송승우식

최후통첩이었다. 더구나 이런 밥은, 공짜로 얻어먹으면 체하기 딱이었다.

"송 검사님!"

밖으로 나오자 한성범의 보좌관이 다가왔다.

"좀 봐주십시오. 좋은 게 좋은 거 아닙니까?"

그도 밥값을 하려는 것이다.

좋은 게 좋은 거…….

승우가 좋아하던 말이었다. 예전까지는. 그때는 그 말이 왜 그렇게 살가웠던가?

승우는 차에 올랐다. 시동을 걸고 백미러 각도를 잡을 때 씩씩거리며 나오는 한성범이 보였다.

"송 검사!"

그가 차를 막았다.

"왜 그러십니까?"

"자네 왜 이러는가?"

"무슨 말씀이신지……."

한성범의 손에는 돈이 들려 있었다. 승우가 낸 n분의 1이었다.

"사람 성의를 무시해도 분수가 있지. 고생하는 검사에게 밥 한 끼 사는 게 그렇게 문제가 되나? 자넨 그렇게 깨끗해?"

"그게 아니라 제가 먼저 마음대로 시켜 먹었기에……."

"해보자는 건가?"

한성범, 억지로 쓰고 있던 양을 탈을 벗어던졌다. 자기 몫을 계산하고 간 검사. 그렇다면 딜은 물 건너갔다고 판단한 모양이었다.

"사람, 위원장님이 말씀하시면 나와서 듣지 않고. 요즘 젊은 친구들은 기본도 없나?"

뒤따라온 의원은 엉뚱한 걸 문제 삼았다.

"죄송합니다. 출발하려던 참이라서……."

"어이가 없군. 김혁 검사 정도라면 또 몰라. 자네도 조직에서 꽤나 튀던 친구였던데 전면전 하면 누가 피 보는 줄 모르나?"

"의원님……."

"건방진 놈 같으니!"

한성범이 노기를 뿜어냈다. 이제는 딜이 아니라 선전포고가 되는 셈이었다.

"가자고. 일개 평검사 따위가 대우해 주면 고마운 줄 알아야지."

한성범이 위세를 뿌리며 돌아섰다.

평검사 따위…….

피식 헛웃음이 나왔다. 그 평검사 따위를 보자고 한 건 그 자신이었다.

"민민!"

세단이 나가는 걸 본 승우가 중얼거렸다.

"아저씨……."

"밍글라바!"

"인사할 기분 아닌 거 같은데요?"

"좀 그렇지?"

"내가 가서 골려줄까요?"

"네가?"

"큰 해야 못 끼치지만 골려줄 수는 있지요."

"그 정도로는 안 돼."

승우는 핸드폰을 만지작거렸다. 안에 녹음되어 있는 한성범의 추잡한 딜 제의……. 언론에 공개하면 한성범은 코너에 몰린다. 하지만 이 약아빠진 인간은 뇌물을 인정하지 않았다. 곧 죽어도 정치후원금이라고 말한 것이다.

공개되면 비난은 받겠지만 유죄의 증거가 되지는 않는다. 물고 늘어지기의 달인들이니 '조작이니' 혹은 '앞뒤 자르고 나온 말이라 와전 내지는 음해'라고 우길 게 뻔했다.

그렇게 되면 검찰 내부가 갈라진다.

폴리페서가 존재하기 때문이었다.

결국 소모전으로 변질된다.

자칫하면 검찰과 정치권이 진실 공방에 휩쓸릴 소지가 있었는데 그건 검찰에게 불리했다. 그걸 끊자면 직을 걸고 소신을 행사해야 하는데 모든 검사에게 그런 숭고함을 바라기는……

'불가능!'

이제 검찰밥을 먹을 만큼 먹은 승우, 조직의 생리를 잘 알고 있었다. 모든 검사가 정의롭지 않은 건 아니었지만 반대로 모든 검사가 정의로운 것도 아니었다.

가장 바람직한 건 역시 한상범 스스로의 인정이다.

그런데 유사 이래 거물 정치인이 자기 치부를 스스로 인정한 적은 한 번도 없었다.

하지만 이미 선전포고를 받은 승우였다. 다음 공세를 기다릴 수는 없었다. 두려워서가 아니라 괘씸해서였다.

'이건 그냥 장기보험용으로 놔두고……'

"민민……"

잠시 골똘하던 승우가 다시 민민을 불렀다. 머리에 떠오른 게 있었다.

"네!"

"전에 몸에 장미 문신했던 범인 생각나니? 길태곤이라고……"

"그럼요."

"그때 그놈이 절벽에서 뛰어내리려 할 때 말이야, 그놈을 조종하는 악령을 유인하느라고 악령의 형 영기를 재림시킨 적이 있었지?"

"네."

"혹시 그럼 말이야. 그런 영기로 빙의도 가능할까?"

승우는 주당물림을 생각하고 있었다.

주당물림은 악귀를 몰아내는 굿판을 미리 '클리어' 하는 의례를 말한다. 이때 무당은 사람들을 물린다. 잡귀들이 날뛰기 때문이다. 굿판을 미리 청소하는 것이라지만 이때가 가장 무섭다. 날뛰던 귀신들인 자칫 구경 나온 심약한 사람들에게 빙의될 수 있기 때문이었다.

"해보진 않았지만 가능할 거예요."

"흐음… 땡큐!"

"하지만 별 소용은 없을 거예요. 친디가 삼킨 영령들은 그 힘이 소진되니까요."

"악령 본래의 위력은 별로 없다?"

"네."

"내가 영력을 보태줘도 안 될까?"

"아, 그러면 조금 보탬이 되겠네요."

민민이 소리를 높였다.

"어때?"

"아까 그 나쁜 아저씨 말이죠?"

승우와 민민은 이미 통하고 있었다.

"아주 교활한 인간이잖아? 저런 인간들은 혀로 사람을 죽이거든. 그냥 두면 두고두고 우리가 착한 일 하는 데 장애가 될 거야."

"그럼 안 되죠."

"시작할까?"

"좋아요!"

민민은 푸른빛을 찰랑거리며 좋아했다.

"이봐요, 장 차장님?"

승우는 오랜만에 장광일에게 전화를 넣었다.

쓰레기는 쓰레기의 손으로!

그게 마땅한 일이었다.

한성범은 바빴다. 유력 정치인다웠다. 그는 자신의 지지층과 지인들을 만나 물타기에 열중했다. 사람은 원래 자기가 듣고 싶은 것만 듣는다. 자기 편의 말이 진실인 줄 안다. 가장 좋은 건 유경찬과 한성범의 대면 확인이지만 유경찬은 넋이 나간 사람이니 한성범에게 절대 유리했다.

'이 사람이 그럴 리 없지.'

정치인들은 그런 최면술을 거는 데 강했다. 온갖 정치 음해와 음모를 둘러대고 누군가 '뜨는' 자신을 노리고 있다고 호소

하면 먹히는 것이다.

승우에 이어 만난 건 동료 중진 의원들이었다. 열심히 자기 결백을 주장했다. 이들은 당연히 한성범의 편이었다. 그가 몰락하면 자기들에게도 좋을 게 없는 법.

그러다 두 번째, NGO 인사들을 만날 때 승우의 머리에 번쩍 햇살이 떠올랐다.

여자! 여자가 있었다. 그것도 둘이었다.

둘 중 하나는 몸매가 좋았다. 옷차림도 살짝 도발적이었다. 요정과 고급 까페의 중간쯤 되는 술집에서 만나는 사이. 건전하지 않은 건 분명했다.

"방금 들어간 사람 누구야?"

지배인을 불러 모른 척 물었다.

"아, 모르십니까? 실세 국회의원 한성범 의원님이라고……."

"국회의원? 재수 없으니까 얼굴 마주보지 않는 자리로, 뭣 좀 생각할 게 있으니까 옆 테이블 비우고. 그리고……."

"예!"

오더를 받은 지배인이 허리를 꺾었다.

이 술집은 승우도 두어 번 와본 적이 있었다. 사장은 주먹 출신 사업가. 그때 승우에게 호되게 당한 지배인은 알아서 기었다.

한성범의 자리는 1층 창가의 VIP석이었다.

승우의 자리는 2층의 VVIP석이었다. 2층은 원두막식 구조. 한성범이 한눈에 내려다보였다. 좌석은 거의 만석… 무슨 일이 일어난다면 저 많은 사람이 목격자가 되는 것이다.

"민민……."

테이블에 자리 잡은 승우가 민민을 불러냈다.

"이 정도 거리면 가능하겠지?"

"그럼요."

민민은 그새 친디를 꺼내고 있었다.

우어엉!

황금 갈기를 드러낸 친디가 포효를 울렸다. 이 사자가 진짜 사자라면? 이 안은 발칵 뒤집히고도 남았을 것이다. 하지만 이 안의 모든 사람이 뒤집힐 걸 도맡아야 할 사람은 따로 있었다.

"어떤 걸로 할까요?"

민민이 묻자 승우의 눈이 한성범 일행에게로 내려갔다.

섹시한 여자는 한성범의 옆이었다. 분위기로 보아 말만 NGO이지 한성범을 후원하는 저질 단체로 보였다.

"잠깐만!"

승우는 궁리용으로 12지 병귀를 더듬어 나갔다.

· 자일—얼굴이 붉고 헛바닥이 새카만 청귀.

- 축일—손은 하나요, 다리는 둘에 전대를 차고 있는 청귀.
- 인일—눈은 없고 얼굴이 붉은 청귀.
- 묘일—철 이빨에 뿔과 꼬리가 달린 청귀.
- 해일—활을 가지고 있는 황적귀.

나아가 방귀와 퇴귀의 귀신 신앙도 짚어나갔다. 뭘 고를까? 그냥 심심풀이 놀이였다.

자축인묘진사오미신유······.

- 유일—손님을 만나지 마라.

오늘은 유(酉)일.

유일에는 손님 만나지 마. 마음속에서 접신한 무당 버전의 음성이 번져 나갔다.

'그렇지. 당신은 오늘 손님을 너무 많이 만났어.'

메뉴 결정!

승우가 메뉴판을 당겼다. 음식이 아니라 민민이 차린 영기의 메뉴였다.

살, 걸, 색, 병, 악, 잡귀······.

메뉴를 짚다가 세 번째에서 시선이 멈췄다.

색귀!

어쩌면 잊을 만하면 터지는 정치판의 치부와 미치도록 잘 어울리는 궁합이었다.

그사이에 장광일이 들어섰다. 그는 한성범과 두 테이블 떨어진 곳에 자리를 잡았다. 그 배정은 승우가 지정한 것이었다.

"이놈!"

메뉴를 고르던 승우의 손이 색귀를 짚었다.

"나왔어요!"

민민이 말했다. 친디의 입김 앞에 나른한 영기가 보였다. 미얀마의 파고다. 그 악마의 낮꺼도 파고다에서 삼킨 잡귀 중의 하나였다.

마침 한승범이 화장실로 향하는 게 보였다.

"오케이! 여기서 기다리다 내가 신호하면, 알았지?"

승우도 자리에서 일어섰다.

화장실에 들어온 한성범은 소변을 보고 손을 닦았다. 더불어 이빨도 체크했다. 아리따운 여자를 옆에 두고 추잡한 모습을 보이기 싫은 모양이었다.

그런데!

그는 별안간 등뼈가 오싹해지는 걸 느꼈다. 놀란 한성범이 홱 돌아보았다. 아무것도 없었다.

'요즘 신경을 너무 써서 몸이 허해졌나?'

한성범은 고개를 갸웃거리며 화장실을 문을 열었다. 홀이 두 눈에 보이자 옷맵시를 가다듬었다. 순간, 뭔가를 밟으며 엉덩방아를 찧었다. 동시에 구석으로 나와 있던 승우의 신호가 떨어졌다.

"가, 친디!"

2층에서 기다리고 있던 민민이 타깃을 가리켰다.

우어엉!

신령스러운 친디는 긴 메아리를 남기며 훌쩍 날았다

그렇잖아도 화장실에서 한기를 느낀 한성범, 넘어지면서 정신이 어쩔한 틈을 타고 잡귀 하나가 빙의를 하고 들어갔다.

"성공?"

자리로 돌아온 승우가 민민에게 물었다.

"보면 알겠죠?"

민민은 턱을 괴고 아래를 내려다보았다.

한성범은 머리를 흔들며 일어섰다.

겨우 숨을 고르지만 눈은 이미 한성범의 그것이 아니었다. 그 눈에 요리를 들고 가는 두 여대생 알바의 뒤태가 보였다. 앞치마의 끈이 달랑거리는 도톰한 엉덩이. 그 아래 미니스커트 밑으로 쭉 뻗어 내린 하얀 다리의 각선미. 아랫도리에 불끈 힘이 들어갔다. 그건… 참을 수 없는 도발이었다.

'안 돼…….'

그는 몸서리를 쳤지만 손이 자꾸만 앞으로 나가고 있었다.

승우를 기다리던 장광일이 그 광경을 보았다. 알바생들 뒤로 보이는 중후한 외모의 남자. 바로 파워풀한 실세 국회의원 한상범이 아닌가?

"한 의원님⋯⋯."

아는 척을 하려고 일어서는 순간,

"까악!"

두 개의 비명이 장내를 흔들었다.

승우는 홀의 가장자리를 통해 카운터 쪽으로 나오고 있었다.

현행 성추행범!

그건 국회의원아 아니라 그 할아버지라도 빼도 박도 못할 일이었다.

승우는 휘파람을 불었다. 주차장에는 신고를 받은 경찰이 들이닥치고 있었다.

"민민⋯⋯."

시동을 걸며 민민을 불렀다.

"네!"

"저 영기가 얼마나 갈까?"

"며칠 후에 저절로 사라질 거예요."

며칠⋯⋯.

마음에 들었다. 그 며칠 동안 시시때때로 색귀의 본능이 작렬할 것이다. 강도는 약하겠지만 이미 성추행 의원으로 낙인이 찍힌 몸. 정치 생명은 끝난 것과 다름없지만 완전히, 인간적으로도 완전히 끝장나는 것이다.

"오늘 밤은 꿀잠 좀 자야겠다."

승우가 기지개를 켰다. 일이 매듭 되니 쌓인 피로가 한꺼번에 밀려들었다.

"당연히 그럴 거예요."

민민이 푸르게 팔랑거렸다.

하루가 길었다.

하늘은 그 하루를 마감하며 푸른 어둠으로 깊어가고 있었다.

6장

목숨을 두 번 살린 칼집 부적

이른 아침, 핸드폰이 울렸다. 승우는 팔을 뻗어 전화를 받았다.

―송 검사님!

목청을 올리는 사람은 차도형이었다.

"왜?"

―방송 보셨습니까? 간밤에 대박 사건이 터졌답니다.

대박 사건?

"뭔데?"

승우는 시치미를 떼고 물었다.

─한성범 말입니다. 그 인간이 우리 지검을 쥐 잡듯 쪼아대
더니 어젯밤에 고급 술집에서 여대생 알바생을 한꺼번에 둘이
나 성추행하다가 현장에서 딱 걸렸답니다.

"그래?"

─김해관 수사관 있잖습니까? 송 검사님이 살려준…….

"뭐 살려줬다기는……."

─에이, 왜 그러십니까? 송 검사님이 아니었으면 지금쯤 아
침밥이 아니라 제삿밥 먹고 있을 판에…….

"그렇다고 치고, 뭐?"

─김 수사관이 그러는데 그 인간, 경찰에서 조사를 받던 중
에도 여순경 가슴을 더듬는 만행을 저질렀답니다. 그것도 취
재 나온 기자들이 보는 앞에서 보란 듯이…….

"전생이 변강쇠였나 보지."

─에이, 거기까지는 딱 좋았는데 바로 변호사 선임했다는데
요? 정신질환이 의심된다고…….

"정신질환?"

─더 우스운 건… 곧바로 없던 일로 했다는 겁니다.

"국개의원다운 대책이네?"

국개의원. 아는 사람은 다 안다.

헛웃음이 나왔다.

자충수인 줄 모르고 꺼내든 카드라니.

정신질환, 그 카드를 꺼내면 범죄행위에 대한 형사상 처벌은 면할 수 있었다. 하지만 전과보다 더 처절한 낙인이 찍힌다.

성추행은 세월이 지나면 잊혀질 수도 있지만, 정신질환자라는 타이틀을 달고 정치를 할 수는 없는 일. 급한 김에 뽑아든 카드지만 화들짝 놀라 내려놓은 것이다.

븅신!

속될 말로 표현하면 그것이었다.

―언제 나오실 겁니까?

"뭐… 언제는 푹 쉬라더니 그새 볶아대는 거야?"

―아, 요즘은 왠지 검사님이 기다려진다는 거 아닙니까?

"알았어. 입술에 침이나 바르고 있으라고."

―예, 팍팍 바르고 있겠습니다.

차도형은 밝은 소리로 전화를 끊었다.

뉴스는 틀지 않았다. 괜히 귀만 오염될 것 같았다. 선식과 바나나 두 개를 아침 삼아 준비했다. 물론 민민의 것도 있었다.

민민도 때로 식사를 한다. 오물오물 먹는다. 그렇다고 바나나가 없어지는 것은 아니다. 민민은 음식의 진기만 먹는다. 그래서 민민이 먹고 난 음식은 맛과 향이 현저히 떨어진다. 아무도 믿지 않을 일이다.

하지만 승우는 상관없었다. 착각이면 어떻고 승우 혀의 문제면 또 어떨까? 승우는 그저 민민이 먹는 흉내를 내주는 것만으로도 좋았다.

바나나를 자르며 무속 자료를 넘겼다. 비행기에서 보았던 자료가 생각난 것이다.

귀신을 쫓는 주문!

이런 주문은 많았다. 대표적으로 항마진언과 보검수진언 등이 꼽힌다. 그런데 여기 나오는 건 그런 것과는 다른 이십팔숙(二十八宿)이었다. 이십팔숙은 북극성을 중심으로 별들을 대표하는 28개의 별을 뜻한다.

동방 7수인 각항저방심미기(角亢氐房心尾箕).

북방 7수인 두우여허위실벽(斗牛女虛危室壁).

서방 7수인 규루위묘필자삼(奎婁胃昴畢觜參).

남방 7수인 정귀류성장익진(井鬼柳星張翼軫)이 그것이다.

승우가 여기에 끌린 건 엄마의 기억 때문이었다. 접신을 한 엄마. 가난한 사람이 잡귀 호소를 하면 이 이십팔숙과 함께 간단한 비방을 알려주었다.

1) 먼저, 집안에 병이 난 사람이 있으면 그가 병을 얻게 된 방향을 가늠한다.

2) 박 바가지와 식칼, 밥, 반찬을 준비한다.

3) 저녁 밥통에서 먹기 전에 세 숟갈을 뜬다. 반찬도 조금씩 골고루 담는다.

4) 이어 밥 바가지를 들고 탁탁탁 절도 있게 바가지 몸통을 친다.

5) 아픈 사람에게 침을 세 번 뱉게 한다. 퉤퉤퉤!

6) 아픈 사람의 머리카락을 쓱쓱 세 번 잘라 바가지에 담고 대문 앞으로 가서 식칼을 휙 던지며 '잡귀야, 물러가라'라고 외친다. 칼끝이 밖을 향할 때까지 외친다.

7) 마지막으로 대문 앞에다 음식이 든 바가지를 엎어 놓고 칼을 땅에 꽂으면 끝.

그때 사실 어린 승우는 웃었었다. 엄마의 사설 때문이었다.

"이놈의 귀신, 썩 물러가지 않으면 이 칼로 배때지를 쫙쫙 갈라서, 사지를 갈기갈기 찢어서 다시는 우리 집에 얼씬도 못하게 할 것이니 썩 물러가거라."

엄마는 식칼을 휙휙 날리며 시범을 보였었다.

그때는 사실, 우리 엄마 왜 저래? 하는 생각뿐이었다.

문득 그날의 추억을 껴안은 승우, 바나나 자르던 칼을 현관문 쪽으로 던져 보았다. 칼날이 문을 향하며 멈췄다.

"오, 잡귀가 안 끼는 걸 보니 좋은 일이 생기려나 본데?"

승우가 웃었다.

민민도 웃었다.

차 앞에서 아침햇살을 만난 승우, 민민의 몫까지 오늘 하루를 향해 인사했다.

밍글라바!

*　　　　*　　　　*

"송 검사님!"

주차장에 들어서자 김 수사관과 차도형이 손을 흔들어댔다. 손에는 자판 커피가 들려 있다. 일찌감치 둘이 작당(?)을 좀 한 모양이었다.

차도형은 붙임성이 좋았다. 그건 자판 커피로도 알 수 있다. 한 달에 마시는 자판 커피가 몇 잔이냐? 그 또한 수사의 기름칠이 되었다. 자판기 앞에서 다른 부서 직원과 마시는 커피 한잔은 원활한 업무 협조에 도움이 되기 때문이었다.

"한잔하시겠습니까?"

재빨리 새것을 빼온 김 수사관이 커피를 내밀었다.

"몸은 괜찮습니까?"

커피를 받아들고 승우가 물었다.

"예. 덕분에……."

"다행이군요."

"다행이 아니고 운명이었던 것 같습니다."

"운명?"

한 모금 넘기던 승우가 고개를 들었다.

"이것 좀 보시겠습니까?"

김 수사관이 꺼내 든 건 부적이었다.

"부적요? 수신부(守身符)네?"

"으아, 검사님은 척보면 아는군요?"

"이게 왜요?"

"이게 우리 어머니가 올 봄에 토정비결을 보더니 저한테 마가 끼었다고 써온 거 아닙니다. 용한 무당이 이걸 지니면 기인의 도움으로 마를 막을 수 있다고 해서 지니고 다녔거든요. 그런데……."

기인의 도움으로 죽었다 깨어났습니다.

김 수사관은 말줄임표에 숨은 말이었다.

"솔직히 다른 사람들은 웃을까 봐 말하지 않았는데 검사님은 무속에 조예가 깊다시니……. 어때요? 그러니 운명 아닙니까?"

"이걸 믿었습니까?"

"뭐 반신반의했죠. 그래도 어머니가 절 생각해서 써온 거라니……."

그가 목덜미를 긁었다. 믿었다는 뜻이었다.

부적은 조악했다. 그 또한 인쇄기로 대량 생산한 부적이었다. 부적을 내준 무당의 영험함도 엿보이지 않았다.

하지만 부적에는 믿음이 묻어 있었다. 김 수사관의 믿음. 그렇다면 나쁜 부적이라고 할 수 없었다.

"잘 간직하세요."

"진짜 다시 한 번 고맙습니다."

김 수사관은 재차 고개를 숙였다.

"한 의원은 어떻게 됐어요?"

"성추행 건으로로 고소가 들어왔다던데 그에 앞서 영장청구 들어갔습니다."

"양 부장님, 큰 결심하셨네."

승우는 웃으며 돌아섰다.

대어였다.

대어는 그물에 들어와도 펄떡거린다. 더러는 그물을 찢어놓기도 한다. 하지만 이 대어는 더 이상 몸부림치지 않을 것이다. 승우가 밖에 둘러놓은 예비용 그물 때문이었다.

"밍글라바!"

승우는, 명랑한 아침인사와 함께 사무실 문을 열었다.

한성범의 구속영장은 받아들여졌다.

양 부장은 수사관들을 이끌고 가서 직접 영장을 집행했다.

피의자는 현역 거물 국회의원, 부장검사가 수고를 하는 수밖에 없었다.

철컥!

수갑이 채워지는 순간 한성범의 표정은 어땠을까? 그 소리는 그의 모든 것을 박탈하는 소리였을 것이다.

특권! 권력! 그리고 미래……

여당은 빠르게, 추잡할 정도로 빠르게 그와 선을 그었다. 중진들이 나서 당적 박탈을 결의했고, 소장파 의원들은 국회의원 제명을 주장했다.

툭!

꼬리 자르기였다.

한성범의 여파가 자신들에게 미칠까 전전긍긍하는 것이다. 그리하여 민심이 바뀔까 두려워하는 것이다.

권력무상……

누구든 힘이 빠지면 바로 물어뜯기는 곳이 그곳이었다. 동지애도, 의리도 없었다. 힘이 팽팽한 사자일 때는 온갖 아부와 충성 맹약이 뒤따르지만 그 이빨과 발톱에 문제가 생기는 순간, 바로 숨통을 뜯어버린다.

직원들과 점심을 먹었다.

메뉴는 대구탕이었다. 칼칼한 찌개는 맛이 괜찮았다. 이 집을 찾아낸 건 석 반장. 검찰청에 온 지는 얼마 되지 않았지만 투박한 음식을 하는 식당은 오래된 직원들보다도 잘 알았다.

"그나저나……."

식사가 진행되는 동안에 유 계장이 입을 열었다.

"오후에 부장님 호출이죠?"

유 계장의 시선이 승우에게 건너왔다.

"예……."

"드디어 시작하는 겁니까?"

유 계장의 시선 뒤에 수사관들의 시선이 주르륵 딸려 있다.

―신수본.

이미 이름까지 명명되어 있었다.

신문고 수사본부, 약칭하여 신수본.

과거 억울함을 알리던 조선시대의 신문고처럼 미제 사건이나 실종, 의문사, 억울한 사건 등을 맡는다는 뜻이었다.

"방귀가 잦으면 똥이 된다니……."

승우는 뒷말을 흐렸다. 결정은 언제나 위쪽의 마음이었다. 더구나 통상적인 수사가 아니면 더욱 그렇다. 그들이 결정하면 하는 것이고, 그렇지 않으면 없던 일이 되는 것이다.

의문사나 억울한 사건, 장기 실종, 미제 사건…….

간단히 말하면 주로 범인이 잡히지 않거나 수사 결과에 의문이 남은 경우, 실종자가 사라진 사건 등이었다.

여기에는 잔혹한 범죄들이 대량 포함되어 있었다. 그 대상도 무차별이었다. 어린아이도 있고 노인도 있다. 조금 더 파고들어 가면 살해 방법도 다양했다.

"아, 그런 사건 파다 보면 사이코패스 새끼들이 많은데……."

차도형이 고개를 저었다.

"어휴, 나도 사이코패스들은 비호감이에요."

나수미가 공감을 표했다.

"거 무슨… 수사를 우리 입맛대로 해?"

유 계장이 핀잔을 날렸다.

승우의 식사는 거기서 끝났다. 오 부장의 호출 때문이었다. 밥값을 계산하고 나수미에게 5만 원을 쥐어주었다. 내 커피도 한 잔 테이크아웃해 오라는 당부와 함께.

"어서 오시게!"

기습 폭우가 쏟아지는 대검찰청. 승우를 맞은 건 검찰총장과 기조부장, 그리고 과학수사기획관이었다. 승우는 지검장, 오 부장과 함께였다.

총장실은 한껏 위엄이 서려 있었다.

대한민국 모든 검사들의 꿈, 검찰총장.

승우는 말석에 엉덩이를 붙였다.

녹차가 나왔다.

몇 분은 의례적인 대화로 때웠다. 조용한 목소리에 섞여오는 빗소리가 더 크게 들렸다.

그러다,

"송 검사!"

총장이 승우를 바라보았다. 눈매에 가득한 위엄과 무게감. 본론이 나올 모양이었다.

"대통령의 지시가 떨어졌네."

"⋯⋯!"

이미 짐작하고 있던 일. 그럼에도 불구하고 짜릿한 전율이 스쳐 갔다. 그건 지검장과 오 부장도 예외는 아니었다.

"맡아주겠나?"

"⋯⋯."

승우는 대답하지 못했다.

"뭐하나? 어서 대답하지 않고."

지검장이 채근을 해왔다.

"힘들 거 알고 있네. 하나하나 다 골치 아픈 사건들이겠지. 하지만 그동안 검찰도 발전에 발전을 거듭해 왔네. 법의학도 그렇고 과학수사도 그렇고⋯⋯."

총장은 과학수사기획관을 바라본 후에 말을 이었다.

"자네 팀을 최우선으로 지원할 걸세. 대통령께서도 우리가 모든 의문사나 억울한 사건, 실종 사건 등을 해결하리라고는 생각지 않으시네. 다만 의지를 보여주시려는 거지. 이 정부는 어려운 난제를 피해가지 않는다……."

"하지만 업무가 너무 광범위합니다."

승우가 처음으로 입을 떼었다.

"너무 부담 가질 필요는 없네. 탄력 있게 하시게. 사건 선택과 수사는 자네에게 일임이 될 걸세. 이따금 청와대의 특별한 오더가 있을지는 모르지만……."

"매 사건에 주문이 따르는 게 아니라면 맡겠습니다. 그리고 저는 괜찮습니다만 수사관들이 애를 먹을 테니 사기 진작도 고려해 주시면 고맙겠습니다."

승우가 말했다.

억울함, 그리고 의문사나 실종 사건…….

바꿔 말하면 시급을 다투지 않는 사건일 수도 있었다. 그렇게 되면 이런저런 사건이 터질 때마다 지원수사에 투입될 확률이 높았다. 승우는 그 원초적인 걸 못 박고 있었다.

나아가 수사관들, 그들에게도 당근이 필요했다.

"그건 내가 총장 자리를 걸고 약속하지."

총장은 기꺼이 의견을 받아주었다.

"그걸 위해 자네 라인은 내가 직접 챙기겠네."

직할!

총장 관리 라인으로 두겠다는 뜻이었다.

그리하여 신문고 사건수사본부가 출범하였다. 느닷없이 쏟아진 기습 폭우처럼 전격적인 결정이었다.

그렇다고 변하는 건 없었다. 인력 보강은 하지 않았다. 총장의 지시를 받은 지검장이 원하는 대로 지원하겠다고 했지만 사양했다.

인력이 늘어나면 기동력이 떨어질 수밖에 없다. 더구나 이런 일은 팀워크가 필요한 일, 따라서 현재의 시스템을 유지하기로 했다.

다만 사무실은 옮기게 되었다. 과외로 드는 예산 지원도 대검찰청에서 내려왔다.

별관 508호!

승우의 새 보금자리였다.

5층짜리 별관의 제일 큰 방을 차지하게 된 것이다. 큰 방이 필요한 건 서류 때문이었다. 짧게는 수년부터 길게는 수십 년 묵은 미제 살인 사건들…….

억울하다고 밀려든 탄원서와 투서들… 관련 서류만 해도 어림잡아 올림픽운동장을 채우고도 남을 지경이었다.

표면적으로는 총괄수사지원팀으로 결정되었다. 양 부장을 지원하듯, 김혁을 지원하듯 큰 사건에 대해 지원한다는 명목이었다.

짐을 정리하는 통에 유 계장이 뭔가를 들고 돌아왔다. 그의 손에는 무명천에 묶인 통북어가 들려 있었다.

"검사님, 입택고사는 못 지내도 이건 걸어야겠죠? 아, 그래도 일명 무속전문 검사실인데……."

유 계장이 너스레를 떨었다.

"아, 요즘 같은 시대에 누가 그런 걸……."

권오길이 미간을 찡그렸다.

"검사님, 저 인간이 아직 검사님의 초자연적인 촉에 대해 뭘 모르나 본데 저주 좀 팍 내려주세요."

차도형이 소리쳤다.

"자자, 그냥 재미로 하자고. 새 차도 뽑으면 막걸리 붓잖아?"

유 계장은 북어를 문 위의 공간에 고정시켰다.

원래는 통북어를 창호지나 무명천에 묶어 왼새끼를 살짝 꼬아 마루의 기둥에 묶는 일이다. 그런 다음 천지음양과 일월성신에게 기원한다.

'악령을 막고 물불의 재앙으로부터 보호하고 잡귀를 물리치고 태을신장의 힘으로 보호하고 매사 축복이 깃들기를.'

신수본!

이름 따위는 중요하지 않았다.

단 한 사람이라도 더 억울함을 밝혀낼 수 있기를!

검사로서, 신수본의 수사관으로서 일동의 바람은 그것이었다.

사무실 정리가 끝나자 수사반은 회의 탁자에 둘러앉았다.

유 계장, 석 반장, 차도형, 권오길, 나수미.

다섯 수사관의 면모는 승우를 뿌듯하게 만들었다. 이미 환상의 팀워크를 자랑하는 그들이었다.

"나수미 씨, 지금까지 취합된 게 몇 건이지?"

승우가 산더미 같은 서류를 돌아보며 물었다.

"소소한 것 빼고 여기저기서 취합한 것만 500여 건이에요."

"얼마 안 되네?"

유 계장은 느긋했다.

"조금 더 간추려서 리스트 돌려."

승우가 말하자 나수미는 준비된 사건 개요서를 나눠주었다. 다시 승우가 말을 이어갔다.

"다 어렵긴 마찬가지겠지만 첫 단추니까 가급적 여러분 의견에 따르겠습니다. 어떤 것부터 시작할까요?"

승우의 시선이 수사관들을 돌아보았다. 그러자 차도형이 손을 들었다. 승우의 시선이 그쪽으로 옮겨졌다.

"사실 개인적인 것일 수도 있는데……. 리스트 4번을 좀 봐주세요."

차도형이 말했다.

—리스트 4번 사건 : 3인의 어부 의문사.

제목부터 이목을 끌었다.

"이게 제 고향 앞바다에서 일어난 일인데, 지인 분이 저한테
도 편지를 보냈더군요. 검찰에서 정밀 수사 좀 해주면 안 되
겠냐고……."

차도형의 말을 들으며 승우는 사건 개요를 읽어 내려갔다.

—한 달여 전 3명의 어부 야간 조업 중 실종.
—동행한 생존자 장율은 검은 장막의 소행이라며 범죄 부인.
—세 어부 시신조차 못 찾음.
—장율의 초등 5학년 딸이 아빠의 결백을 인터넷에 퍼 나름.
—평화로운 작은 어촌, 귀신이 붙었다며 민심 흉흉.

"마을에서 시신이라도 찾으려고 고사까지 지냈다는데 소용
이 없답니다. 해경도 순시선과 어선을 동원해 근방 해역을 샅
샅이 뒤졌는데도……."

차도형, 거기까지 말하고 승우를 바라보았다.

"나를 왜?"

차도형의 눈빛이 너무 빤하자 승우가 물었다.

"딱 검사님 스타일 아닙니까? 아무래도 귀신 붙은 사건이 아닌가……."

차도형이 말했다. 가만 보니 다른 수사관들의 시선도 이미 승우에게 쏠려 있었다. 신수본의 첫 사건이 결정되는 순간이었다.

*　　　*　　　*

"으아, 도착하면 바로 골치 아파지겠지만 당장은 좋은데요?"

운전대를 잡은 차도형이 쾌재를 불렀다. 승우와 함께 사건 현장으로 가는 출장. 그 입에서 휘파람이 절로 나왔다.

"신혼이 이래도 되는 거야? 내가 안방마님께 고해바쳐?"

조수석의 승우가 슬쩍 딴죽을 걸었다.

"에이, 왜 그러십니까? 신혼 끝난 지가 언제인데……."

"벌써?"

"요즘은 신혼이 3주인 거 모르세요? 우리 벌써 권태기 지나서 와이프가 샤워만 하면 살 떨리는 시기라고요."

"총각 약 올리는 거지?"

정문을 나설 때 승우는 손을 들어보였다. 배웅 나온 나수미와 석 반장 때문이었다.

"그나저나 검사님은 왜 결혼 안 하십니까? 전에 보니까 마담뚜들도 좀 꼬이던데……."

"결혼이라……."

그러고 보니 마담뚜 쫓아 보낸 지가 일 년이 넘었다. 미국에서 대학을 마치고 들어왔다는 30대 후반의 강남 여왕. 그녀는 좀 잘나간다는 집안의 규수들을 죄다 리스트로 만들어 소지하고 있었다.

─중견기업 회장님 딸 24세.

─정부투자기관 이사장 딸 25세.

─강남에 빌딩 여섯 채 있는 갑부의 24세 외동딸…….

아직도 그녀의 목소리가 귓전에 생생한 승우였다.

물론 몇 명 만난 적도 있었다. 그 또한 빠라끌리또 때문이었다. 제법 나가는 빠라 하나가 친척의 딸을 소개팅해 준 것. 하지만 승우는 1차 식사에서 자리를 털고 일어섰다.

당시 승우의 공식은 단 하나였다.

술─호텔!

호텔─술!

여자는 널리고 널렸었다. 빠라들은 절대 '이상'이 있는 여자를 데려오지 않았다. 술집에서 만난 여자도, 골프장에서 만난 여자도, 심지어 외국 낚시 투어에서 만난 여자도 샘물이 맑았다.

하긴 승우의 성질머리가 어땠는가? 만약 혼탁한 샘물을 만나 남자의 중심에 성 어쩌고 하는 병이라도 생기면 빠라들이 줄초상을 치를 판이었다.

그러다 보니 내숭에 체면 코스를 거쳐야 하는 여자는 생리에 맞지 않았다. 그렇다고 초면에,

"화끈하게 한 번 잡시다!"

할 수도 없었다.

그래도 껄떡거리던 마담뚜는 승우의 한마디에 시야에서 실종되었다. 승우가 던진 말은 이랬다.

"세금은 내고 사업하시나?"

승우는 기억한다. 그때 질겁을 하던 마담뚜의 얼굴. 그 하얗게 관리해 온 얼굴이 거무튀튀하게 변하던 걸……

"그래서? 신혼생활은 행복해?"

승우가 슬쩍 말머리를 돌렸다.

"아, 진짜… 신혼 아니라니까요. 괜히 결혼했다 싶은 사람한테……"

"그거 녹음해서 집에 보낸다?"

"마음대로 하십쇼. 이래 뜯기나 저래 뜯기나 와이프한테 뜯기기는 마찬가지인데……"

"그러고 보면 프랑스 애들이 합리적이지?"

승우가 웃으며 말했다.

"뭐가요?"

"걔들은 살아보고 결혼한다잖아?"

"으아, 정말요? 마구 존경스러운 민족이네요."

"그만하고 운전이나 잘해. 난 자료 좀 볼 테니까."

"그러세요. 꽤 머니까 피곤하시면 눈도 붙이고……."

"혹시 장율 씨도 아는 사람이야?"

서류를 꺼내던 승우가 물었다.

"……."

"괜찮아. 말해 봐."

"뭐 안면은 없지만… 시골 같은 데 살면 한 다리만 건너면 다 아는 사이거든요."

"친척은 아니고?"

"따지면 친척이겠죠. 촌수가 복잡해서 그렇지."

"그 말은… 차 수사관이 보기에도 장율 씨는 살인범이 아니다 이거로군?"

"뭐 그런 것도 있지만 실은……."

차도형은 잠시 주저하다 뒷말을 붙였다.

"그분 할머니가 부적전문가였어요."

"……?"

승우가 고개를 들었다.

"제가 알기로는 그래요. 우리도 어릴 때 몇 장 얻어오곤 했거든요."

"살아계시나?"

"웬걸요? 저 어릴 때 돌아가셨죠. 그때 할머니 보따리에서 웬 부적이 그렇게 많이 나오는지……. 어른들이 겁을 먹었던 기억이 나네요."

"왜 겁을 먹지?"

"부적이란 게 뭔가 좀 그렇잖아요? 그런데 그렇게 많은 부적이 나오니……."

"어떻게 했는데?"

"아마 태웠을 거예요."

"그게 다야?"

"솔직히 제가 그런 거 안 믿잖습니까? 그야말로 미신인데, 아닐 수도 있다 그걸 일깨워 준 사람이 바로 검사님입니다."

"무속전문 검사다?"

승우가 슬쩍 웃었다.

"에이, 까놓고 말해서 그것도 그냥 처음에는 빈정거림이었습니다. 그런데 검사님 촉이 백발백중하는 거 보고 아, 기독교, 불교, 힌두교만이 종교가 아니구나. 무속도 종교로구나 하는 생각까지……."

"너무 띄우는 거 아니야? 그래도 어차피 현장에 가면 차 수사관이 굴러야 해."

"그건 상관없고요 진심으로 하는 말입니다. 그렇잖아도 이 사건이 검찰로 넘어가면 검사님께 의논하려던 참이었습니다."

"피의자는… 아직 용의자인가? 지금 어디 있어?"

"경찰서에 또 소환된 모양입니다. 벌써 다섯 번째라는데……."

"다섯 번?"

"그게 개요를 보시면 아시겠지만 세 명이 감쪽같이 실종되고 장율 씨만 무사하게 돌아왔습니다. 게다가 흉기도 지니고 있었고. 경찰들이 의심하는 건 당연한 일이기는 한데……."

"심증은 있되 물증은 없다?"

"수사경찰 중에 한 명도 친척인데 그 양반 말이 둘 중 하나라더군요. 장율이 용의주도 치밀한 놈이든지 아니면 물귀신 소행이든지……."

차도형의 설명과 함께 이정표들이 뒤로 뒤로 밀려갔다. 그 사이에 바다가 가까워지고 있었다.

"여깁니다. 풍광은 죽이죠?"

차가 멈춘 곳은 작은 방파제 앞이었다. 좌우로 버티고 선 빨간 등대와 하얀 등대가 눈에 들어왔다.

"제가 어릴 때는 그냥 다 해변이었습니다. 등대도 완전 구린 고물딱지였고요."

차도형이 설명을 이어갔다. 사무실에서 듣던 것보다 탁 트인 목소리였다.

"검사님, 혹시 등대에 대해 아세요? 왜 저쪽은 빨갛고 이쪽은 하얀 건지?"

"글쎄……."

승우는 대답하지 못했다. 언젠가 들은 것 같기는 한데 잘 생각나지 않았다.

"빨강은 우측 주의, 즉 오른쪽에 암초나 장애물이 있다는 거고요, 하양은 그 반대죠. 바닷사람들에게는 저게 신호등입니다."

"그래?"

"하나 더 있습니다. 노랑……."

"그건 거의 못 봤는데?"

"뭐 주로 흰색과 빨간색이 많으니까요. 노랑은 주변 해상을 주의하라는 뜻입니다."

"바닷가 출신이라 다르군?"

승우가 웃었다.

"여기 살면 저절로 알게 됩니다. 사실 어릴 때 그런 것 말고 볼 것도 없었거든요."

"차 수사관은 여기서 얼마나 살았어?"

"중학교 때까지요. 고등학교는 서울에서 나왔고… 그 후로 집이 다 서울로 올라와서 지금은 아는 사람도 많지 않습니다."

"그럼 수영은 선수겠네?"

"웬걸요. 수영은 그저 개구리헤엄 정도…… 검사님은 잘하세요?"

"그래? 나는 바닷가 아니어도 수영은 제대로 배웠는데……."

"으아, 이거 바다사나이 체면이 말이 아니네."

차도형은 목덜미를 벅벅 긁어댔다.

시선을 돌리니 항구에 정박한 어선들이 보였다. 어선 위에는 꽃이 피었다. 긴 장대에 매달린 청홍색 끈들이 나부끼는 것이다. 그 아래로 무사안녕을 비는 고사밥들이 보였다.

밥 한 수저와 나물 몇 가지……. 그 또한 누군가 어선의 안녕을 기원하는 것으로 보였다.

어촌은 생각보다 흥흥했다. 몇몇 사람들이 보였지만 무표정했고 일부는 승우차를 내다보고는 바로 대문을 닫아버렸다.

"저깁니다."

차도형이 가리킨 곳은 장율의 집이었다. 바다가 내려다보이는 작은 언덕에 자리한 집. 수십 년은 묵은 듯 모든 게 낡았지만 터는 꽤 널찍하게 보였다.

"계십니까?"

차를 세운 차도형이 대문 앞에서 소리쳤다. 장율의 딸 장세리를 만나려는 것이다.

"누구세요?"

고양이 두 마리에게 밥을 주고 있던 소녀가 고개를 들었다. 까무잡잡한 피부에 덩그러니 큰 눈동자, 순박하다는 단어가 얼굴에 퐁 빠진 아이였다.

"너가 장세미니?"

차도형이 물었다.

"그런데요?"

"서울 검찰청에서 나왔어. 여긴 우리 검사님!"

차도형이 승우를 가리켰다.

"안녕하세요!"

소녀가 달려와 꾸벅 허리를 접었다.

"아버지는?"

대화는 계속 차도형이 이어 나갔다.

"경찰 아저씨들이 또 잡아갔어요."

소녀의 눈동자에 눈물이 송글 맺혀왔다.

"너 혼자니?"

승우가 묻자, 소녀는 꾸벅 고개로 대답했다. 승우는 가만히 고양이를 돌아보았다. 그러다 흠칫 눈살을 찡그렸다. 두 고양이는… 눈알이 없었다.

"눈을 다쳐서 사람들이 버린 고양이에요. 제가 몇 번 밥을 줬더니 자주 와요."

묻기도 전에 소녀가 설명을 했다.

"무섭지는 않고?"

"괜찮아요. 아빠만 돌아오시면……."

소녀는 뒷말을 흐리며 눈물을 훔쳤다.

"우리 아빠… 진짜 죄 없어요. 나한테 맹세했어요. 아빠는 모르는 일이라고. 아무도 해치지 않았다고요."

소녀는 가슴뼈에 덜컥 걸려 있던 말을 승우에게 전했다. 승우는 들썩이는 소녀의 어깨를 가만히 다독여 주었다.

착한 아이…….

저절로 느껴졌다.

"검사님, 우리 아빠를 내보내 주세요. 우리 아빠는 정말 죄 없어요."

소녀의 말이 이어졌다.

"그래……."

담담한 위로를 전했다. 그사이에 어디선가 죽은 생선이 날아왔다. 소녀를 겨냥한 모양인데 그게 승우의 팔에 맞았다.

"누구야?"

차도형이 밖을 향해 뛰었다.

"제 친구들이에요. 우리 아빠가 살인자라며 심심하면……."

"방 좀 봐도 될까?"

승우가 물었다.

"네!"

소녀는 쪼르르 달려가 방문을 열어젖혔다. 방 안은 그래도 단정했다. 한쪽에 깔끔하게 펴진 이불과 베개가 보였다. 승우가 돌아보자,

"아빠 오면 피곤할 것 같아서 깔아뒀어요."

소녀가 답했다.

괜한 관심을 보인 모양이다. 짜아한 콧날을 누르며 벽을 보았다. 방문 위에 붙여진 부적이 보였다. 창가에도 있었다. 하지만 너무 낡아 읽을 수도 없는 모습이었다.

무얼 막으려던 것일까?

어쩌면 잡귀를 막고 가내 평안을 기원하려던 거겠지만…….

세상은 늘 마음대로 되지 않는다.

"검사님!"

밖으로 나갔던 차도형이 여자아이 둘을 잡아왔다.

"이거 놔요!"

목덜미를 잡힌 아이들이 발악을 했다.

"저년은 귀신 들린 년이에요. 우리 동네에서 꺼져야 한다고요."

키 작은 아이가 대놓고 저주를 퍼부었다.

"뭐야? 이 녀석이 잘못을 하고도!"

"무슨 잘못요? 저년 아버지가 우리 아버지를 죽였다고요.

살인자의 딸도 살인자나 마찬가지라고요."

"검사님!"

차도형은 어이가 없다는 표정이다.

"봐요. 저년 아버지 짓이 틀림없어요. 이 선장님과 양씨 아저씨도요."

"놔줘."

승우가 말했다. 차도형이 손을 놓자 아이들은 소녀를 쏘아보고는 마당을 나갔다. 차도형이 소녀를 바라보지만 장세미는 고개를 숙일 뿐이다. 처음 당하는 게 아닌 모양이었다.

승우는 소녀의 어깨를 두어 번 두드려 주고 마당으로 나왔다. 방에는 느껴지는 영기는 별다르지 않았다. 여기저기 파헤쳐진 흔적이 남은 마당. 마당뿐 아니라 뒤뜰도 그랬다.

"경찰서로 가지."

차도형을 바라보며 마당을 나섰다.

야옹!

눈 먼 고양이 소리가 승우를 따라 나왔다.

"아이고, 어서 오십시오!"

경찰서에 도착하자 형사과장이 승우를 맞았다. 승우는 묵례를 하고 소파에 앉았다.

"우리 사건을 서울 검찰청에서 관심을 갖고 있는 겁니까?"

과장이 물었다.

"장율 씨 딸 장세미가 탄원을 냈습니다."

차도형이 승우를 대신해 답을 했다.

"아, 그건 우리도 봤는데……."

여직원이 커피를 가져왔다. 딱히 생각은 없었지만 거절하기도 뭣해서 한 모금을 넘겼다. 커피는 미치도록 썼다.

"소환만 거듭되는 걸 보니 증거가 안 나온 모양이죠?"

잔을 놓으며 승우가 물었다.

"그러게 말입니다. 우리도 미치고 환장할 지경입니다. 정황하며 동네 사람들 생각도 다 장율이 범인인데 한밤중에 바다에서 일어난 일이라 증거가 없습니다. 그나마 시체라도 떠올라야 진전이 있을 텐데……."

"아직 한 구도 안 나왔습니까?"

"그러니까 죽겠다는 거죠."

"혹시 다른 장소에서 살해된 거 아닐까요?"

차도형이 의견을 던졌다.

"그렇잖아도 출항한 배하고 장율의 집, 마당, 텃밭까지 다 뒤져 보았지만 나온 게 없습니다. 하다못해 피 한 방울 머리카락 한 올도 없으니……."

"그럼 장율이 범인이 아닐 가능성은요?"

이번에는 승우였다.

"그건 말이 안 됩니다. 넷이 바다로 나갔다가 장율 혼자 돌아왔습니다. 뱃전에 있던 세 사람이 뭔가에 휩싸여 사라지고 자신은 내동댕이쳐졌다는 건데 그게 말이 됩니까?"

설명하던 과장이 핏대를 올렸다.

"장율 씨……. 미안하지만 그분 잠깐 볼 수 있을까요?"

"서울에 신문고 수사본부라는 게 생겼다던데 거기서 접수하는 겁니까?"

눈치 빠른 과장이 저만치 앞서 나갔다.

"아닙니다. 그냥 어떤 사람인가 궁금해서……."

"뭐 그런 거라면야……. 김 형사, 김 형사!"

과장이 소리치자 형사 하나가 장율을 데리고 왔다.

장율!

장세미의 아버지답게 선량해 보였다. 어쩌면 너무 착해서 늘 손해를 볼 것 같은 그런 인상이었다.

'후웁!'

승우는 얼른 영력을 높였다. 영기는… 아른거리지만 사납지 않았다. 두 가지 정보를 얻었다. 영기의 흔적으로 보아 실종된 세 사람은 죽은 것. 그리고 장율은 그 사람들을 죽이지 않은 것. 소파 뒤에서 아른거리던 민민도 같은 신호를 보내왔다.

"어이, 장율이, 서울 검찰청에서 오신 검사님이야. 자네 잡으러 온 거니까 빨리 불어!"

과장은 그새를 못 참고 용의자를 볶아댔다.

승우가 신호를 하자 형사가 그를 데리고 물러갔다.

"짜식이 어리벙벙해 보이지만 지능범이 틀림없습니다. 그날 해상 예보를 보면 주의보도 없고 잔잔했거든요. 그런데 선원 세 명이 한꺼번에 사라진다고요? 어디서 귀신 씨나락 까먹는 소리를……."

"흉기가 나왔다고요?"

승우가 화제를 돌렸다.

"아, 예……."

"혈흔이 나왔나요?"

"그건 아니고……."

"국과수 분석했겠군요?"

"예… 그런데……."

과장의 시선이 자꾸만 무너졌다. 흉기 쪽에서는 영 자신이 없는 모양이었다.

"별다른 단서가 없다고……."

"어떤 거죠? 배라면… 식칼이나 밧줄 베는 칼?"

듣고 있던 차도형이 끼어들었다.

"그게……."

자리를 털고 일어선 과장이 증거보관용 비닐봉투를 가져왔다. 안에는 골동품 같은 은장도가 들어 있었다. 옛 여인들의 수호은장도……. 손가락 하나보다 조금 더 큰 칼(?)을 집어든 차도형이 눈살을 찡그렸다.

이걸로 건장한 선원 셋을?

차도형의 눈빛은 그렇게 말하고 있었다.

"아, 그게… 우리 형사들도 이게 무슨 흉기일까 싶었지만 장율이가 이걸 신주단지처럼 걸고 다니며 안 뺏기려고 몸부림을 치는 통에 의심이……."

"몸부림이라고요?"

승우의 시선이 과장에게 향했다.

"아, 몸싸움까지 해서 뺏었다니까요? 뭐? 이게 자기 수호신이라나 뭐라나……."

"걸고 다녔다면 목걸이란 말입니까?"

"네. 다 썩은 나무곽 칼집에 줄을 달아서……."

"그 곽은 어디 있죠?"

"그건 따로 두었죠."

"좀 볼 수 있을까요?"

승우의 요청을 받은 과장이 인상을 구겼다. 귀찮다는 표정이 역력했지만 그렇다고 거절하지는 않았다.

"이겁니다!"

과장이 가져온 건 시커멓게 손때가 낀 대추나무 곽이었다.

길이는 10㎝정도. 그게 비닐 밖으로 나오는 순간, 승우는 엄청난 현기증을 느꼈다. 곽 안쪽에서 발산해 나오는 그것……

민민의 빛처럼 파르라니 살랑거리는 그것은 응결되고 응결된 신통력이 분명했다.

짧고도 명백한 기원이 담긴 신력. 굉장했다.

승우는 칼집을 가만히 집어 들었다.

"……!"

부적…….

부적이었다. 분명히 그것은, 나무곽 전체가 부적으로 만들어진 칼집이었다.

"왜 그러시죠?"

이상한 눈치를 차린 과장이 물었다. 그건 차도형의 눈빛도 다르지 않았다.

"아닙니다. 혹시 뭐 다른 증거물 같은 게 있으면 더 보여주실 수 있습니까?"

"그러죠, 뭐."

과장은 승우를 다른 방으로 데려갔다. 과장은 몇 가지를 더 꺼내 놓았다.

증2, 배에서 압수한 주방용 칼.

증3, 뱃전에 한 짝 남은 선장 이동균의 신발.

증4, 피해자 한 명의 옷가지.

'중1'이 빠진 것으로 보아 은장도가 그것인 모양이었다.

"이게 전부인가요?"

승우가 물었다. 옆에 선 차도형은 증거들을 사진에 담았다.

"이놈이 범행 은폐하려고 핸드폰도 다 치웠더군요. 아, 한 가지가 더 있긴 했었는데……."

과장은 주변을 두리번거리더니 서랍을 열었다. 그가 마지막으로 보태놓은 건 깨진 막사발 조각이었다. 칼과 신발의 영기를 체크하던 승우, 조각 앞에서 촉이 올라왔다.

영기! 영기였다.

사위고 또 사위어 아련한 영기, 고요와 난폭이 동시에 서린 복잡한 영기, 과거와 현재가 뒤섞인 난해한 영기…….

'뭘까?'

수백 년 전 막사발의 일부로 보이는 조각…….

영기에 집중할 때 과장이 중얼거렸다.

"사고 배에 있길래 가져왔습니다."

'도기라면 문화재?'

승우의 생각이 갈래를 치기 시작했다.

"그럼 혹시 유물선……?"

"우리도 그 생각했었는데 아닐 겁니다. 이 근방에는 유물선이 가라앉았다는 설도 없고……. 이런 낡은 조각이 연안 쪽 저인망에 걸리는 건 더러 있는 일이거든요."

"장율 씨… 영장 떨어졌나요?"

"그게……."

과장이 고개를 숙였다. 떨어질 리 없었다. 승우도 알고 물은 질문이었다.

"일단 돌려보내실 거면 제가 모셔가죠. 꼬마가 집에서 혼자 기다리던데……."

특별하게 보강된 증거가 없는 상황. 보아하니 조사 시간도 두어 번 연장한 눈치. 장율에게 법률 지식이 있다면 항의를 받고도 남았을 순간이었다.

"뭐 일단 그러시죠."

과장은 마지못해 허락을 했다.

"그리고 은장도는 돌려주시는 게……?"

"예?"

형사과장, 미간이 좁혀졌지만 그 또한 거절하지 못했다. 범행 도구가 아닌 물품까지 압수할 권한은 없기 때문이었다. 승우는 은장도를 받아 품에 넣었다.

그런데 장율에게는 그게 더 부담이 된 모양이었다. 경찰의 손에서 구해준 사람이 검사. 여우를 피하려다 호랑이를 만났다는 딱 그 표정이었다.

"마셔요!"

가는 길에 한적한 편의점 앞에서 차를 멈춘 승우는 밖에 차려진 테이블에 앉아 차도형이 뽑아온 캔음료를 장율에게 내밀었다.

"괜찮습니다."

"마시세요!"

한 번 더 권했지만 그는 고집스레 고개를 저었다. 승우는 안으로 들어가 캔맥주를 집어 들었다.

뻑!

그걸 따서 다시 내밀었다. 승우와 캔맥주를 번갈아 바라본 장율. 캔을 받아들더니 절반가량을 비워냈다.

"이거요."

승우가 은장도 칼집을 내밀었다.

"……!"

놀란 장율이 얼른 손을 뻗었다. 하지만 그 손이 잡은 건 승우의 손이었다. 승우의 손이 은장도를 막고 있었다. 그는 엉거주춤 승우의 처분을 기다렸다.

"돌려드릴 테니 걱정 마세요."

"……."

"몇 가지 질문이 있습니다."

"……."

"우선 나는 믿습니다. 장율 씨는 살인자가 아니라는 거."

승우의 눈빛이 장율의 눈빛과 마주쳤다.

"하지만 다른 사람도 믿을 수 있는 이유가 필요합니다."

거기까지 들은 장율, 남은 맥주를 원샷해 버렸다.

"이 은장도는 어디서 난 겁니까?"

"이 은장도는 사람을 해치지 않았습니다. 그냥 할머니의 유품이라고요!"

"부적 쓰시던 할머요?"

"아… 세요?"

장율이 고개를 들었다.

"칼집에 새겨진 이거… 항마진언의 일종이 아닙니까? 마귀를 막고 몸을 수호하는……."

"아시는군요?"

장율의 눈동자가 휘둥그레졌다.

"이걸 감추려고 그랬다고요?"

"감추는 게 아니라… 빼앗아가려고 하길래 그랬던 것뿐입니다. 이건 할머니가 물려준 가보거든요."

"경찰에서 한 진술, 다 사실인가요?"

"그럼요. 내가 거짓말을 하면 이 자리에서 날벼락을 맞아죽습니다."

장율의 목소리가 확 올라갔다.

"차 수사관!"

승우는 대기 중인 차도형을 불렀다. 그가 사진을 열어놓았다. 증거물 중에서 질그릇 조각이었다.

"장율 씨를 믿겠습니다. 대신, 이게 어디서 났는지 말해주세요."

"그거야 경찰서에서 다 말했는데요."

"그냥 배에 굴러다니던 거다?"

"예……."

장율이 고개를 끄덕, 했다.

"진실입니까?"

"예!"

"한 번만 더 묻겠습니다. 솔직히 말하지 않으면 집이 아니라 이쪽 지방검찰청으로 직행하게 될 겁니다. 검찰에 가면… 쉽게 나오기 어렵다는 거 아시죠?"

승우, 살짝 뻥을 보태 나사를 바짝 조여 버렸다.

"……!"

장율의 눈빛이 흔들리는 게 보였다. 승우의 짐작대로 그는 진실을 감추고 있었던 것이다.

"대답하세요. 여기서 실종자들의 냄새가 나고 있거든요."

"예?"

"당신, 부적을 믿는 사람 아닙니까? 할머니의 부적!"

승우의 심문이 핵심을 찌르기 시작했다.

"할머니?"

"죽기 살기로 사수해야 하는 이 부적 칼집, 벽에서 누렇게 뜰 지경이어도 떼어내지 않은 부적… 그런 걸 믿는다면……."

장율을 노려본 승우, 더욱 세차게 닦아세웠다.

"영혼이나 귀신도 믿겠지요? 여기에는 세 사람의 혼이 서려 있다고요!"

"……."

"장율 씨!"

목청을 키운 승우가 테이블을 내려쳤다. 심문의 피날레였다. 그러자 장율, 파르르 떠는 것과 동시에 속절없이 무너져 버렸다.

와들거리는 그의 몸, 사시나무는 저리 가라였다.

'반응하고 있다…….'

승우는 겨눠진 눈초리를 거두지 않았다. 사실 세 사람의 혼까지는 과장이었다. 막무가내식의 영기가 느껴지긴 했지만 실종된 셋이라고는 확신하기 힘들었다. 그 작은 조각 안에 서린 영기는 수백이나 되는 까닭이었다.

다닥따닥!

미친 듯이 이빨을 부딪치던 장율은 뜻밖의 단어로 입을 열었다.

"할머니!"

울음과 함께 새어 나온 단어는 할머니였다.

"검사님!"

큼큼, 잠긴 목을 푼 장율이 승우를 바라보았다.

"예. 말하세요."

"검사님은 부적을 믿으십니까?"

장율이 되물었다.

"……!"

승우, 대답하기 곤란한 질문이 나왔다. 검사 신분에 그렇다고 말하기도 곤란하고, 현실에 비추어 아니라고 하기도 그랬다.

"진실 규명을 위해 필요하다면 믿을 수도 있습니다."

"빈말이라도 고맙습니다."

장율은 거기서 감정을 추슬렀다. 그리고 계속 말을 이어갔다.

"그 조각의 출처에 대해 물으셨나요?"

"예."

"이 선장 것 맞습니다."

"예?"

이 선장, 그건 이동균을 가리키는 말이었다.

"어느 날 어망에 걸렸다더군요. 다른 것도……."

"……?"

"다시 말하지만 나는 사람을 죽이지 않았습니다. 하지만…
일확천금을 노린 죄는… 있습니다."

장율이 고개를 떨구었다.

일확천금과 유물의 조각…….

조각들이 승우의 머릿속에서 퍼즐로 맞춰지기 시작했다. 오
래 걸리지는 않았다.

불법 유물 인양!

이야기는 한 달여 전으로 거슬러 올라갔다.

이동균 선장과 김대훈, 양승모, 그리고 장율. 이들 네 사람
은 몇 살 터울의 이 동네 토박이들이었다. 다들 결혼을 하다
보니 어릴 때처럼 자주 어울리지는 못했지만 인사는 빼먹지
않는 사이였다.

그러던 어느 날, 이동균이 장율을 불렀다. 가보니 평상에 막
걸리와 소주가 준비되어 있었다. 몇 잔 술이 돌자 이동균이 제
의를 해왔다.

"좀 도와줘!"

그 제안을 들은 장율은 술잔을 떨어뜨렸다.

유물선!

이동균이 그 단어를 꺼낸 것이다.

그때 보여준 게 바로 경찰이 가져갔던 조각이었다. 이동균

은 그 근처에서 어업을 하며 온전한 것 몇 개를 건졌다고 했다. 이미 판로를 뚫어 용돈도 짭짤하게 벌었다고 했다.

하긴 이 선장, 최근에 가까운 읍내의 노래방에도 자주 갔었다. 도우미랑 질펀하게 놀았다는 자랑도 했던 차였다.

"자네도 돈 좀 만져 봐야지? 의료보험비도 몇 달 밀렸다면서? 우선 이 돈 쓰고 일 잘되면……."

이동균이 내민 건 100만 원이었다.

그건 압박이자 유혹이었다. 장율은 이동균에게 이미 빚을 지고 있었다. 엎친 데 덮친 격으로 날씨가 좋지 않아 조업을 많이 나가지 못했다. 그래서 기본 공과금까지 밀린 형편이었다.

그들은 그렇게 모였다.

유물 인양은 불법.

그들도 잘 알고 있었다. 하지만 그들은 모두 돈이 필요했다. 선장 이동균은 연안 어자원 고갈로 빚이 상당했다. 가진 거라고는 낡은 배 한 척. 다른 일을 할 수도 없으므로 올인을 했다.

그밖에 김대훈은 도박꾼 때문에 빚을 지고 있었고, 암으로 와이프와 사별한 양승모 역시 외로움을 달래려 출입한 노래방 도우미에게 푹 빠진 까닭에 실탄이 필요했다.

그들은 한 팀을 이루어 고기잡이를 나갔다. 주로 야간 어업이었다. 딱히 의심을 살 일도 없었다. 아주 자연스러운 팀이기 때문이었다.

이들 중 김대훈이 한때 잘나가던 머구리(잠수부)였다. 폐가 좋지 않아 그만두었지만 몇 번 정도는 문제가 없었다. 그러던 어느 날, 그들은 마침내 유물선을 발견하게 되었다.

"우어어!"

깊은 밤, 물 밖으로 나온 김대훈이 몸서리를 쳤다.

"찾았어!"

갑판에서의 첫마디는 기다리던 셋을 흥분의 도가니로 몰아넣었다. 그런데, 김대훈의 표정이 이상했다.

"왜 그래? 대박이 터졌는데?"

이동균이 핀잔을 날렸다.

"그게… 대박은 대박인데……."

김대훈은 주저주저 뒷말을 이어 놓았다.

귀신이 있는 것 같아서!

"에라, 이 정신 나간 친구야."

선장과 양승모는 동시에 그를 쥐어박았다. 갑판으로 올라와 친구들 틈에 섞이자 김대훈도 불안을 떨쳤다. 그들은 함께 희망에 부풀었다. 이제 건져 내기만 하면 돈이 될 판이었다.

돈!

팔자가 바뀔 판이었다.

"그런데요?"

주목하던 승우가 슬쩍 다그쳤다.

"해가 밝아오기에 그날은 철수했습니다. 다른 사람 눈에 뜨이면 안 되니까요. 그런데 그날… 우리 딸아이가 은장도를 꺼내본 모양입니다."

"……."

"그런데 은장도 색깔이……."

변해 있었다.

세월을 먹으면서 조금은 변색이 되었던 은장도. 그런데 그날 아침에 본 은장도는 거의 검정이었다고 한다.

"그때 할머니 말이 떠올랐습니다."

"할머니요?"

"할머니께서 저를 키웠거든요. 그걸 쥐어주면서 그러셨어요. 언제나 지니고 다니라고. 그리고 이 은장도가 검게 변하면 네게 위험이 닥쳤다는 것이니 각별히 조심하라고……."

"……."

"그래서 유물 인양이고 뭐고 그만두려고 했는데……. 이 선장이 이제 와서 무슨 소리냐고, 자기들을 배신할 거냐고 윽박지르는 바람에……."

"계속하세요."

"난 그냥 고기만 가지고 말겠다고 했어요. 유물을 꺼내 팔든지 말든지 알아서 하라고……."

그들은 그렇게 다시 바다로 나갔다. 밤이 깊어질 때까지 대충 그물을 건져 올렸다. 물론 고기잡이는 시늉이었다. 보는 눈이 있으니 한 마리도 안 잡을 수는 없었다.

몇몇 잔 어종들이 올라왔다. 이동균과 김대훈, 양승모 등은 관심도 없었지만 장율은 고기를 꼼꼼히 떼어냈다.

"크하핫, 미스 강 요년, 이제 나한테 안 벌리고 못 배길 거다."

기대감이 가득한 양승모는 몇 번이고 그 말을 반복했다. 그동안 잔뜩 뜸만 들이던 젊은 도우미. 실탄 부족으로 자빠뜨리지 못하고 있던 그였다.

그물질이 끝나자 본격 인양 작업이 시작되었다. 목적한 곳으로 배를 옮긴 이동균, 마침내 김대훈에게 신호를 보냈다. 이어 김대훈이 바다로 들어갔다. 이 바다 앞에서 태어나 수백수천 번 지나다닌 바닷길. 더구나 조류가 빨라지는 난행량(難行梁)을 벗어난 곳이라 그리 위험한 곳도 아니었다.

"어이!"

얼마 후에 김대훈이 목간 뭉치를 흔들며 부상했다.

"이야아!"

양승모와 이동균은 서로를 끌어안았다. 갑판으로 올라온

김대훈은 몹시 흥분되어 있었다.

"만땅이야. 난행량에서 한 방 맞고 빠져나온 후에 여기서 가라앉은 모양이야. 이제 우리는 억만장자라고!"

"자자, 일단 한 바구니 더 담아와. 본격 인양은 내일부터 하고."

선장이 그물 바구니를 내밀었다.

"그래도 인증샷은 찍어야지."

김대훈은 벗어둔 옷에서 핸드폰을 찾아들었다.

"어이, 장율, 이리 와. 아, 그까짓 고기는 다 버리고. 이제 억만장자가 될 건데 웬 청승이야?"

뱃머리에 선 양승모가 재촉을 했다.

그때!

바람 한 점 없던 그 밤, 바다에서 찬 기운이 서늘하게 피어올랐다. 마치 바다의 냉동고가 열린 것 같았다

"뭐야?"

등골이 오싹해진 양승모가 바다를 보았다.

"아따, 쫄기는… 이 밤에 경찰선이 있어, 이 바다에 CCTV가 있어? 겁은?"

어깨동무를 한 이동균이 양승모의 어깨를 두드렸다.

순간, 그물을 놓고 일어서려던 장율은 눈을 의심하고 말았다. 목에 걸린 은장도 칼집이 검붉게 변하나 싶더니 장막 같

은 검은 파도가 뱃머리 뒤에서 수직으로 일어선 것이다.

추웠다.

그때의 기분은 딱 그랬다.

영하 20도의 아침, 군대에서 팬티 바람으로 물에 뛰어들 때의 그······.

"아, 빨리 와!"

아무것도 모르는 김대훈, 핸드폰을 든 채 재촉을 했다.

모든 것은 찰나였다. 검은 장막이 뱃머리에 선 세 사람을 휘감아 버린 것이다. 동시에, 장율도 저만치 뒤로 튕겨나 버렸다.

아아, 아아······.

두 눈으로 지옥을 본 장율, 신음조차 나오지 않는데, 검은 장막이 다시 달려들었다.

그 순간!

그의 입에서 샌 건 아까의 그 단어였단다.

할머니!

할머니······.

그러자 눈앞을 가로막던 악몽의 장막이, 휘청 흔들리나 싶더니 흔적도 없이 사라져 버렸다.

장율은 그 자리에서 의식을 잃었다. 얼마 후에 눈을 떠보니 여전히 혼자였다. 바다는 무심하도록 고요했다. 그리고 세 사람은 없었다.

바다에도 배에도…….

그리고 아무도 그 말을 믿지 않았다.

7장

망자의 권리

"믿으십니까?"

말을 마친 장율이 승우를 바라보았다. 텅 빈 그의 눈에는 진심이 담겨 있었다. 거짓말은 아닌 듯싶었다.

"이봐요!"

차도형의 날선 태클이 들어왔다.

"쉬잇!"

승우가 막았다.

증거!

오직 과학적인 것만 인정한다. 미신으로 치부되거나 귀신,

악령 같은 것은 절대로 인정하지 않는다. 설령 장승이 벌떡 일어나 사람을 해치는 게 CCTV에 찍혔다고 해도 마찬가지였다.

하지만 대한민국 검경 중에 이런 말을 믿을 오직 한 사람이 있었다.

송승우!

그러나 다행히 차도형과 수사진들은 승우의 편이었다. 미신 자체야 믿지 않지만 그 가닥에서 증거를 잡아내는 승우의 우월한 능력, 그걸 믿는 것이다.

"믿습니다!"

승우, 시원하게 대답했다.

"검사님……."

장율의 눈에 고마움이 스쳐 갔다. 수차례 반복된 심문과 조사. 그 가운데 단 한 명도 믿지 않은 부질없는 이야기. 그걸 검사가 믿어주고 있는 것이다.

"하지만 증명하셔야 합니다."

승우는 아끼던 말을 토해놓았다.

"증명이라고요?"

"네, 증명!"

"그걸 어떻게?"

"한 번 일어난 일이라면 두 번도 일어날 수 있겠지요. 안 그렇겠습니까?"

승우의 시선은 장율에게 꽂혀 움직이지 않았다.

"하지만……"

"가세요. 기회를 드리겠습니다."

승우는 칼집을 건네주었다. 그걸 받아 쥔 장율은 소중하게 가슴에 품었다. 다른 사람에게는 비웃음이지만 그에게는 진짜 보물이었던 것이다.

진심. 승우의 눈에서 그게 엿보였다.

장율은 이 사람이라면, 이 사람이라면 믿을 수 있을 것 같았다. 그래서 고개를 끄덕였다.

배를 빌려 바다로 나갔다.

배는 차도형이 손을 썼다. 어촌계장에게 부탁을 했던 것. 그와는 친척 사이인 어촌계장, 장율을 보자 못마땅한 표정을 지었지만 승우가 검사라는 말을 듣자 배에 시동을 걸었다.

순식간에 뒤숭숭해진 동네 인심, 어촌계장이기에 그 또한 하루빨리 이 일이 매듭지어지기를 원하고 있었다.

바다는 잠잠했다.

"여기입니다!"

한참을 나가자 장율이 작은 섬과 섬 사이의 바다를 가리켰다. 돌아보니 어느새 포구는 보이지 않았다.

"은장도 꺼내보세요."

승우가 장율을 바라보았다.

그가 떨리는 손으로 은장도를 뽑았다.

"……!"

승우와 차도형의 눈은 똑같은 크기로 커졌다.

우웅!

은장도가 소리 없이 울었다.

그리고… 변했다. 분명 변했다.

아까는 은빛이던 은장도, 분명히 검게 변해 있었다.

'영기가 존재한다는 얘기.'

승우는 슬쩍 뱃머리로 나갔다.

"민민!"

해가 지는 바다에서 승우가 민민을 불러냈다.

"밍글라바!"

민민이 인사와 함께 너울 떠올랐다. 빛은 여전히 나른했다.

"여기 어때?"

승우의 시선이 바다를 향했다.

"있어요. 영기……."

"같이 확인해 볼까?"

"네."

민민의 대답을 들으며 승우, 영력을 훌쩍 끌어올렸다.

'될까?'

조금 우려가 되기는 했다. 흐르는 물, 게다가 바다……. 그러나 은장도의 신통력이 통한다면 승우의 영력도 통할 것으로 믿었다.

'우우웃!'

승우가 뿜은 영력이 동심원을 그리며 퍼져 나갔다.

"우핫!"

그 위에 보태고 또 보내는 영력. 그게 바다 속의 영기를 확인하려는 순간, 짤랑짤랑짤랑, 신방울이 터질 듯 울려댔다.

"……!"

그 사나움에 승우와 민민이 뒷걸음질을 쳤다.

바다!

바다가 온통 영기로 변하고 있었다.

"민민……."

"흰 코끼리 전부를 꺼내주세요."

승우의 신호를 받은 민민이 말했다. 그 목소리가 사뿐 떨리고 있었다. 승우는 망설였다. 가늠하기 어려울 정도록 막강한 영기. 자칫하면 민민에게 불상사가 날 수 있다. 그러나 그 지향점은 바닷속. 민민이 아니고는 확인할 수 없는 곳이었다.

"민민……."

승우는 민민을 손바닥 위에 올려놓고 마음을 전했다.

"미안해……."

"괜찮아요. 제 사명이기도 한걸요."

"하지만……."

"어서 꺼내주세요."

"한 가지만 약속하렴. 절대, 절대 무리하지 않는다고."

"네."

"조금이라도 위험이 느껴지면 바로 나와야 해."

"네!"

민민이 끄덕 고개를 숙였다.

승우는 여섯 흰 코끼리를 허공에 뿌렸다. 여섯 코끼리는 육망성을 그리며 형체를 갖추었다.

"가자!"

그들 무리의 중심에 섞인 민민이 허공을 향해 치솟았다. 성스러운 흰 빛, 그 참을 수 없는 흰 빛이 하늘에 수직의 기둥으로 솟았다. 그런 다음, 찬란하게 바닷속으로 선회했다.

'민민…….'

한순간 축복이 내린 듯 수면이 은빛으로 물들었다. 그 빛은 천천히, 심연을 향해 사라졌다. 순간 물과 기름이라도 만난 듯 파도가 울컥거리더니 감당 못 할 냉기의 파동이 수면을 차고 일어섰다.

"웃!"

사방을 주목하던 차도형, 바람도 없는 바다에서 배가 휘청

거리는 걸 느꼈다.

파아아!

그 위태로움을 뚫고 민민의 빛이 튀어나왔다.

'민민!'

승우는 심장이 멎는 것만 같았다. 미사일처럼 상승하는 민민의 빛 아래, 검은 궤적이 따라붙고 있기 때문이었다.

"와아앗!"

승우는 영력을 모아 그 궤적에 쏟아부었다. 휘청 흔들린 궤적이 연기처럼 사라졌다

"민민!"

"저 안에 영령의 터전이 있어요!"

허공을 휘돌아 내린 민민이 소리쳤다.

"터전?"

"배예요. 옛날에 가라앉은 배. 잠들지 못한 영령들이 수백은 되는 것 같아요."

순간!

콰아아아!

천지사방에서 뻗친 영력의 노기가 광풍을 이루며 날아들었다. 승우는 손 쓸 사이도 없이 날아가 조타실 앞에 거꾸로 처박혀 버렸다.

"검사님!"

놀란 차도형이 장율, 어촌계장과 함께 달려왔다.

깨졌다.

승우는 느꼈다. 몸이 아니라 영력이 얼어버린 걸. 그 얼음덩이마저도 어느 한편이 왕창 부서진 느낌이었다. 눈을 떴는데 앞이 보이지 않았다. 몸이 내 것 같지 않았다.

검사님!

검사님!

차도형의 목소리만 귀를 어지럽혔다.

민민…….

사력을 다해 갑판을 더듬었다. 다행히… 다른 감각은 있었다.

"차 수사관……."

승우, 죽을힘을 다해 입을 열었다.

"검사님, 그냥 병원으로 가서야겠습니다."

"아니, 아니……."

"안 됩니다. 상태가 좋지 않습니다. 우리도 몸이 얼어붙는 것만 같습니다."

"송곳 같은 거… 있으면 나 좀……."

"예?"

"나 좀 찔러. 어디든……."

"검사님……!"

"체한 걸로 생각하고… 체하면 손가락 따잖아. 어서……."

"여기……."

옆에 있던 장율이 송곳을 내밀었다. 그걸 받아 든 차도형은 주저하다 승우의 허벅지를 찔렀다.

"……!"

피가 나왔다. 그러자 차츰, 온기가 돌면서 무기력이 풀렸다.

'민민…….'

몸을 세운 승우는 민민부터 확인했다. 보이지 않았다.

"검사님!"

"그냥… 제발 그냥 가만히 좀 있어."

승우는 손가락으로 입을 막았다. 냉랭한 영기의 파동은 여전히 가까이 있었다. 어쩌면 물결 위… 또 어쩌면 배 밑창……. 사방은 겨울이 온 듯 냉기가 가득했다.

"아, 그냥 돌아갑시다. 이 닭살 좀 봐. 여기 귀신 있는 게 맞네."

벌벌 떨며 키를 잡은 어촌계장의 목소리는 공포에 젖어 있었다.

'후웁!'

승우는 허덕이는 몸을 추스르며 영력을 높여 필사의 탐지를 했다. 그제야 어망 아래 늘어진 민민의 빛이 보였다.

'민민!'

"숨 좀 돌릴 테니까 주변 좀 살펴."

차도형을 떼어낸 승우는 서둘러 민민에게 영력을 불어넣었다. 하지만 완전히 늘어진 민민은 반응하지 않았다.

'일어나, 민민⋯⋯.'

승우의 영력이 높아졌다.

'일어나, 이렇게 가면 안 돼.'

후욱!

'이렇게 가면 안 된다고!'

한 번 더, 또 한 번 더⋯⋯. 승우는 가슴에 과부하가 걸린 것도 잊은 채 집중했다.

내가 죽어도 너는 살려낼 거야.

내가 죽어도!

간절함이 퉁퉁 몸에서 튀어나가자 주변의 냉기가 밀려나갔다. 이윽고 민민의 빛이 하르르 떨기 시작했다.

"민민⋯⋯."

"아⋯ 저⋯ 씨⋯⋯."

민민이 눈을 떴다. 승우는 그 빛을 안아 가만히 품었다. 그런 다음 손목에 붙였다.

"거기 꼭 붙어 있어. 그냥 꼭!"

"아저씨⋯⋯."

"아까는 실수였어. 단지 기습을 당한 거라고."

승우는 다시 뱃전으로 나갔다. 사나운 영기가 좁혀드는 느
낌이 들었다.

'앞… 뒤… 아래… 위……'

빌어먹을!

영기를 감지하던 승우가 혼잣말로 중얼거렸다. 영기는, 천
지사방에 맹렬하게 깔려 있었다.

"차 수사관!"

"예?"

"내가 말이야, 퇴마 주문을 좀 알 거든. 진짜 귀신이나 악령
이 있는지 확인해 볼 테니 장율 씨 데리고 안에 들어가 있어."

"검사님……"

"딱 한 번만 해볼게."

"……"

"어서!"

"알겠습니다."

승우가 쏘아보자 차도형은 별수 없이 지시에 따랐다.

'천지사방이 악령이라……'

승우는 천천히 고개를 들었다. 지향은 없었다. 천지사방을
덮은 영기라면 어디다 말해도 들을 일.

"너는 누구냐?"

승우 영음(靈音)을 높여 찬 허공에 대고 호령했다.

휘이잉!

대답대신 칼바람이 돌아왔다.

"다 알고 있어. 네가 여기 존재한다는 거."

휘이잉!

"단지 살육을 원하는가?"

[천만에…….]

답은 찬 기운의 파도에 실려왔다. 바닷속이었다.

[영령들의 신터를 침범하고 영면을 방해한 건 생자들… 대가를 치르게 했을 뿐…….]

철썩!

파도에 묻어오는 소리는 길고 장중했다.

"신터라고?"

[망자의 성… 망자의 신터……! 생자에게 금지된 곳을 침범하면 죽음이 있을 뿐…….]

휘이잉!

사방으로 치솟는 영기가 활개를 치자,

"끄어억!"

어촌계장이 목을 잡고 비명을 토했다. 이어, 옆의 차도형도 눈을 뒤집고 있었다. 그래도 장율은 나았다. 칼집을 잡고 주문을 외우는 그는 공포에 쩔었을 뿐, 고통은 덜한 모양이었다.

[죽음이 있을 뿐…….]

후웅!

귓전을 먹먹하게 만드는 파동과 함께 검은 장막이 악몽처럼 솟구쳤다. 수백의 영기가 어우러진 가공할 영기의 집합체였다.

장막은 태풍이 몰아치듯 위세를 더해갔다. 한껏 끌어올린 영력으로도 감당이 안 될 것 같은 위세…….

짤랑짤랑짤랑!

'그렇다면!'

신방울의 몸부림 속에서 승우는 애기선녀의 말을 떠올렸다. 맞설 수 있는 건 단 하나.

'천존신장!'

그것뿐이었다.

"아저씨 목숨이 위태로울 수 있어요!"

그 말도 부록으로 딸려왔다.

하지만 도리가 없었다.

'엄마…….'

가만히 그 단어를 읊조렸다. 점점 허덕이는 어촌계장과 차도형, 그리고 더욱 희미해지는 민민의 빛……. 머리 위의 수호령, 엄마가 느껴졌다. 그분은 포기하지 않을 것이다. 아들에 대한 믿음과 기대.

'넌 할 수 있어. 포기하지 마, 승우야!'

후웁!

'사랑해.'

후우웁!

'엄마는 너를 믿어.'

후아아아아!

승우의 절규가 벽력의 폭풍을 이루며 터져 나갔다.

"천존신장이시어!"

끝 간 데 없는 기원과 함께 승우, 후끈 폭발적인 영력을 떨렸다.

후웅!

후웅후웅!

승우는 느꼈다. 그 몸이 찬란한 신빛으로 감싸인 걸. 그 어떤 존재도 감히 넘볼 수 없는 창대한 영력의 덩어리로 변한 걸.

[……!]

기세에 놀란 장막이 흔들리는 게 보였다.

"해보자고!"

승우, 불꽃의 기세로 장막을 노려보았다.

[그대…….]

장막이 너울, 몸짓을 했다.

"두렵지 않아."

[그렇군… 그 신력……! 신을 대신하는 몸이니… 그대와의 다툼은 원치 않는다.]

장막은 한발 뒤로 물러섰다. 천존신장의 위세에 부담을 느낀 모양이었다.

"세 사람… 네가 죽였나?"

승우가 물었다.

[그래… 신터를 침범했으므로……]

"유물선이 네 신터?"

[우리의 신터……. 천년을 이어온 영면의 자리… 누구도 손대면 안 돼……]

"그렇다고 사람을 셋이나?"

[우리는 227명… 세 사람이 중요한 게 아니야.]

"너희는 죽은 사람이잖아?"

[죽은 사람의 터전은 마구 훼손해도 되나? 망자도 권리가 있다네.]

"권리?"

[신의 능력을 받은 자라면 알 터. 우리는 이미 이 바다의 일부가 되었어. 그런데… 왜 생자의 욕심에 또 한 번 죽어야 하나? 너희는 바다 밖의 세상으로도 이미… 이미 충분해.]

"……."

생자들, 그게 망자의 반대를 뜻하는 거라면, 생자인 승우는 의표를 제대로 찔렸다.

바다 밖의 인간들이 바닷속의 유물을 탐내는 건 사실 욕심에 불과했다.

"유물선을 손대지 말라?"

[이 배는 곡창에서 곡식을 싣고 가던 배. 너희 욕심을 채워 줄 것도 별로 없다. 그런데도 생자의 욕심은 끝이 없지…….아무튼 우린 그대로 당하지 않아.]

영기들의 의지는 확실했다.

"좋아, 유물선 일은 없던 걸로 하지. 그러니 시체를 돌려줘."

[시체…….]

"다시는 생자를 해치지 않는다는 약속도 함께."

승우는 시위를 하듯 천존신장의 영력을 뿜어냈다.

[우리는 생자를 건드리지 않았어. 천 년 동안……. 너희가 신터를 침범하지 않는 한, 우리는 그대로 바다의 일부로 살아갈 뿐이야.]

"아무도 건드리지 않을 거야. 너희들 신터를 욕심내던 사람들은 다 죽었으니……."

[…….]

"시신 돌려줘. 그렇지 않으면 내가, 나로도 안 되면 영력이 높은 생자들을 데려올 거야."

영력이 더 높은 생자들.

그 말은 제대로 먹혔다. 장막이 움찔 주저하는 게 보였다.

[돌려주지.]

'후우……'

[하지만 그냥은 안 돼.]

"안 된다고?"

[망자들… 신터를 침범당하고 신령스러움을 훼손당한 후로
의견이 엇갈리고 있어. 그러니 생자들도 성의를 보여야겠어.]

"……?"

[그럼 바로 화답해 드리지. 성의를 보여주면!]

그 말과 함께 장막은 순식간에 사라져 버렸다. 팽팽하게 대
치하던 영력 평형이 깨지자 승우 역시 중심을 잃었다.

"으헛!"

겨우 숨을 골랐을 때, 차도형과 어촌계장의 밭은 소리가 들
려왔다.

"괜찮습니까?"

조타실로 달려온 승우가 물었다.

"괜찮아지는 거 같습니다."

두 사람을 돌보던 장율이 대답했다. 둘의 안전을 확인한 승
우, 이번에는 민민을 체크했다.

"아저씨, 최고!"

민민 역시 밝은 빛으로 엄지를 세워주었다.

네가 최고, 나라면 그 바다에 쉽사리 들어가지 못했을 거야.

승우가 마음속으로 중얼거렸다. 그사이, 냉기와 어둠을 밀어낸 아침이 바다에 빛을 드리우고 있었다.

"밍글라바!"

민민이 아침 해를 보며 인사를 건넸다. 승우도 그 말을 따라했다.

밍글라바!

안녕.

다행히 여러 가지가 안녕했다.

사체를 찾을 방법을 알아냈다. 또 하나의 소득은 어촌계장. 그가 직접 귀신의 공포를 느낀 건 커다란 소득이었다. 공감대를 형성하는 사람이 는 것이다.

더구나 그는 긴박한 순간에 장율의 도움까지 받았다. 일이 잘 풀릴 조짐이 아닐 수 없었다.

*　　　　*　　　　*

"어휴!"

포구에 도착하자 어촌계장은 몸서리를 쳤다.

"장율 씨!"

배에서 내린 승우가 정박된 배들을 바라보며 장율을 불렀다.

"예……."

"혹시 이 중에 그 배가 있나요?"

"저쪽 끝에 따로 있는 배입니다."

장율이 낡은 배를 가리켰다. 배는 다른 배들과 좀 떨어져 있었다. 그 앞으로 가니 의경 하나가 보였다. 경찰에서 현장보존을 위해 붙여둔 모양이었다.

"수고가 많아. 서울에서 왔어."

배 앞으로 다가선 차도형이 신분증을 내밀었다. 의경은 경례로 승우 일행을 맞았다.

"담당자에게 전화 좀 걸어주겠나? 배 좀 봐도 되냐고?"

승우가 말했다. 의경은 바로 핸드폰을 걸어 가부를 물었다.

"괜찮답니다."

의경이 차렷 자세로 말했다.

승우가 먼저 배에 올랐다. 다음으로 차도형과 장율이 뒤를 따랐다. 배는 어촌계장의 배와 대동소이했다. 이미 수색이 끝난 상황, 갑판에는 잡동사니와 어구만 어지럽게 나뒹굴었다.

"셋은 여기 서 있었겠군요? 장율 씨는 그 어망 쪽……."

뱃머리에 선 승우가 사건을 그려보았다.

"네……."

장율이 대답했다.

"여기서 인증샷을 찍었다고요?"

차도형이 핸드폰을 꺼내 들었다. 그때 철썩, 파도가 밀리면서 배가 기우뚱 흔들렸다.

"어!"

방심하고 있던 차도형이 핸드폰을 떨어뜨리고 말았다. 톡톡 경사진 갑판을 굴러가던 핸드폰… 낡은 갑판 틈에 걸리면서 멈췄다.

"아, 액정 깨지면 쌩돈이……?"

허리를 숙이던 차도형의 눈이 휘둥그레졌다.

"검사님!"

차도형의 목소리 끝이 확 올라갔다.

"이거……."

차도형이 벌어진 갑판 틈새를 가리켰다. 안으로 쑥 꺼진 틈새로 뭔가가 희끗거렸다.

"잠깐만!"

승우는 들여다보는 척하며 영력을 높였다.

"……!"

승우의 촉이 확 일어섰다. 영기가 느껴졌다. 사자(死者)의 그것이었다.

빠루와 망치를 가져와 갑판 조작을 조금 떼어냈다.

그러자!

안에 처박힌 핸드폰이 보였다.

"이거 누구 건가요?"

핸드폰을 꺼내 든 승우가 장율을 바라보았다.

"김대훈 거 같은데요?"

장율이 대답했다.

핸드폰!

중요한 걸 얻었다. 워낙 교묘하게 빠져 있어 경찰들이 발견하지 못한 모양이었다.

그런데…….

화면이 열리지 않았다. 배터리 아웃이었다. 그래도 길이 있었다. 마침 의경의 핸드폰이 같은 기종. 승우는 배터리를 교체하고 카메라를 열었다. 혹시나 하는 마음이었다.

그런데…….

'동영상?'

승우의 머리카락이 쭈뼛 솟구쳤다. 동영상… 동영상이 있는 것 아닌가?

버튼을 눌렀다.

저만치 갑판의 장율이 보였다. 사건 현장이다. 인증샷을 위해 장율이 막 일어서려던 찰나였다. 순간 비명과 함께 장율이 튕겨져 나가는 게 보였다. 곧이어 화면이 곤두박질 쳤다. 핸드폰을 놓친 것이다. 화면은 어둠으로 바뀌었다.

휘이이이!

하지만 괴이한 파도 소리는 계속 남았다.

성난 영기의 공격으로 비명횡사한 김대훈이 공포에 휩싸이는 순간 얼떨결에 영상 버튼을 누른 모양이었다. 이후 폰을 놓쳤고, 폰은 갑판에 떨어져 낡은 틈새로 굴러 들어갔다. 그리고 배터리가 다 되면서 꺼졌다.

그러고 보니 세 사람의 핸드폰은 하나도 발견되지 않았다. 범행을 저지른 장율이 바다에 던졌다고 생각했던 것이다. 그렇기에 경찰은 핸드폰 발견에 큰 신경을 쓰지 못했다.

예단의 단점이었다.

몇 가지 단서만 나오면 바로 완성되는 이야기 구조. 사람들은 여기에 강했다. 거기에 몇 명이 동의하면 그 구조는 기정사실이 되어버린다. 수사에 있어 지향해야 할 일이지만, 반대로 수사에 있어 도움도 되는 이중성이 거기 있었다.

"과장님, 서울에서 온 송 검사입니다."

승우는 형사과장에게 전화를 걸었다. 어쩌면 장율의 결백을 밝혀줄 과학적(?)인 단서가 될 수도 있기 때문이었다.

어촌계장을 보낸 승우는 장율의 집으로 향했다. 밤새 기다렸을 세미를 위해서였다.

장율의 집 앞에는 이른 아침부터 아이들이 기웃거리고 있었다. 어제 보았던 키 작은 소녀도 있었다. 그들 손에는 여지없이 상한 물고기와 개똥이 들려 있다. 그들이 담장을 기웃거릴 때 승우가 다가섰다.

"어!"

놀란 아이들이 물고기를 떨어뜨렸다.

"뭐 하냐?"

승우가 물었다. 아이들은 슬금슬금 꽁무니를 빼더니 뒤도 돌아보지 않고 뛰었다.

"살인자!"

아이들은 모래 둔덕에 서서 장율에게 야유를 퍼부었다. 그 틈에 세미가 집 밖으로 나왔다.

"아빠!"

세미는 장율의 품에 안겼다.

"또 고양이 밥 주고 있었어?"

장율이 물었다.

"응. 아빠……."

"너나 잘 챙겨먹지……."

"얘들도 배고프잖아?"

"녀석……."

"아빠는?"

"아빠는 안 먹어도 괜찮아."

"검사님……."

그제야 소녀의 시선이 승우와 차도형에게 넘어왔다.

"밍글라바!"

승우가 손을 들어보였다. 그러자,

"밍글라바!"

장세미도 따라했다.

"너 그 말을 아니?"

승우가 세미를 바라보았다.

"4학년 때 같은 반 아이가 엄마가 미얀마 사람이었어요. 그
래서 배웠어요."

"그래?"

"고맙습니다. 우리 아빠를 풀어주셔서."

세미는 허리를 반으로 접으며 인사를 했다.

"뭘. 네 아빠는 사람을 죽이지 않았는걸."

"하지만 아무도 우리 말을 믿지 않으니까요."

"이제 곧 믿게 될 거다."

"검사님, 밥 안 먹었죠? 제가 해드려도 돼요?"

"네가?"

"저 밥 잘해요. 들어가세요."

세미, 승우의 손을 잡고 생글거렸다. 잔뜩 시들어 있던 아이

의 얼굴에 환한 나팔꽃이 핀 것 같았다.

"세미야. 검사님은 높으신 분인데 이런 데서 밥 못 드셔……."

옆에 있던 장율이 세미를 말렸다.

"그래요? 죄송합니다. 검사님!"

세미가 울상을 지었다.

"아닙니다. 여기 뭐 보아하니 식당도 마땅치 않고… 세미한
테 한 끼 얻어먹죠, 뭐."

"검사님……."

승우가 수락하자 이번에는 차도형이 울상을 지었다. 오던
길에 해변 민박집 옆에 있는 작은 식당을 봐둔 까닭이었다.

"차 수사관도 오케이?"

승우는 찡긋 윙크를 날렸다. 차도형은 어깨를 으쓱하며 따
르는 수밖에 없었다.

밥이 나왔다.

갈피갈피 꽃이 벌어진 듯 기름진 밥이었다.

"우와, 우리 와이프보다 백배는 낫네?"

차도형이 입을 쩌억 벌렸다. 승우가 봐도 기가 막힌 비주얼
이었다.

"어디……."

한술 푸짐하게 퍼 넣었다.

후아!

김과 함께 퍼지는 달큰한 감칠맛……. 밤새 시장한 탓도 있었지만 입안에 착착 붙는 맛이었다.

"이거 진짜 네가 한 거 맞냐?"

차도형이 밥을 우물거리며 물었다.

"네……."

대답하는 세미의 볼이 빨갛게 물들었다.

"애 엄마가 없다 보니 이 녀석이 어릴 때부터 밥을 했습니다. 아직 반찬은 좀 서툴지만 밥은 곧잘 합니다."

장율이 설명을 보탰다.

그러고 보니 반찬은 시들시들 말라비틀어진 것들이었다. 맛도 그저 그랬다. 김치는 시어 꼬부라지고 젓은 군내가… 그래도 웃으며 먹었다. 반찬이야 먹는 흉내만 내면 그만이었다.

"장율 씨!"

식사를 마친 승우, 세미가 설거지를 하러 간 틈을 타서 입을 열었다.

"예, 검사님……."

"어촌계장님 말입니다. 식사 끝나시면 좀 와달라고 전해주시겠습니까?"

승우의 부탁을 들은 장율이 전화를 걸었다. 반 시간쯤 지나자 어촌계장이 달려왔다.

승우가 그를 부른 건 까닭이 있었다. 바로 영기의 요구 때문이다.

성의!

귀신이 바라는 성의란 무엇일까? 그건 승우가 짐작하고 있었다.

"혹시 마을서 굿 같은 거 하신 적 있습니까?"

"그건 왜……?"

어촌계장은 조심스러운 표정을 지었다.

"어촌계장님 생각은 어떤지 모르겠지만 장율 씨는 살인범이 아닙니다."

"……"

"어젯밤 일……. 어떻게 생각하세요?"

"……"

"저는 귀신같은 거 안 믿습니다. 하지만 가끔 그 이해할 수 없는 현상이 일어나기도 하지요. 예를 들면 어젯밤 같은……"

승우의 말에 어촌계장은 또 한 번 몸서리를 쳤다.

"어촌 같은 데서는 용왕제나 용신제 같은 거 지내시죠? 마을 문화의 일환이기도 하고 구성원들의 단합을 위해서도……"

"……"

"어떻습니까? 미친 척하고 굿 한 번 하시는 거?"

"굿이요?"

"마을 분위기도 안 좋은 거 같은데… 위안이 되지 않을까요? 혹시라도 용신이 노했다면 그걸 달랠 수도 있고. 그래서 실종된 사람들 시신이라도 나오면 더 좋고……."

"굿이야 어렵지 않지만……."

"어젯밤에 죽을 뻔하셨죠?"

"예……."

"저는 솔직히 살이 파이도록 두려웠습니다. 과학적으로는 말도 안 되는 일이기는 하지만……."

승우는 슬쩍 어촌계장의 공감대를 건드렸다.

"그건 저도……."

"혹시 그때 무슨 소리 못 들었습니까?"

"소리라면?"

"저는 공포 속에 환청을 들었는데, 굿을 해달라고… 그래서 바다를 달래고 그 근처에 얼씬도 안 하겠다고 약속하면 시신을 돌려준다고……."

"예?"

"잘못 들은 것일 수도 있지만 그 공포는 꼭 바다 귀신의 짓인 것만 같아서……."

"그럼 저 친구는 왜?"

멀쩡했죠?

어촌계장의 눈이 장율에게로 향했다.

"장율 씨는 부적이 있더군요."

"부적요?"

"보여드리세요."

승우가 장율에게 말했다. 장율은 천천히 목에 걸린 나무 칼 집을 보여주었다.

"아, 그거……."

어촌계장은 고개를 끄덕였다. 장율의 할머니는 부적전문가. 그건 어촌계장도 알고 있는 사실이었다.

"한 번 열어보세요. 저도 그거 만졌더니 마음이 평안해졌습 니다."

승우의 말을 들은 어촌계장이 칼집을 열었다. 승우는 보았 다. 칼집에서 새어 나오는 아련한 신력. 그게 천천히 어촌계장 의 몸을 휘감고 있었다.

"정말이네. 불안이 싹 내려갔어."

어촌계장은 신기한 표정을 지었다.

결국 그의 동의가 떨어졌다.

"좋습니다. 까짓것 한판 하지요. 나도 죽다 살아난 목숨인데."

저녁 무렵, 해변에는 굿판이 펼쳐지기 시작했다. 사람들이 모여들었다. 참석하지 않은 사람은 장율과 장세미, 꼭 둘이었 다.

방파제 위에는 경찰 쪽에서도 여러 명이 나와 있었다. 그 직전 형사과장은 장율을 따로 만났다. 1차 핸드폰 화면 분석이 끝난 것이다.

혐의 없음!

과장이 내린 결론이었다. 화면을 보니 장율은 비명소리와 거리가 멀었다. 게다가 그 역시 공포에 질린 모습. 그러니 초인이 아니고서야 그런 상태로, 그 원거리에서 세 사람을 죽일 수는 없는 일이었다.

"미안하게 됐습니다. 워낙 사건 상황이 상황이다 보니……"

과장은 정중히 고개를 숙였다.

장율은 그보다 더 깊게 고개를 숙였다.

순박한 장율, 그저 오해가 풀린 것만으로도 감지덕지하는 것이다.

둥당둥당!

마침내 굿거리가 시작을 알렸다. 꽃갓에 철릭으로 갈아입고 나선 무당은 나이가 많았다. 무당을 보좌하는 사람들은 세 명이었다. 원래는 예닐곱은 되어야 한다. 하지만 이미 굿판의 원형은 점점 사라지고 있는 실정이었다.

"훠어이!"

무당이 시원한 샤우팅을 내질렀다. 나이에 비해 힘찬 저음이 마음에 들었다. 탁한 쇳소리가 꽤 섞였지만 좌중을 압도하기에 모자라지 않았다. 굿판과 함께 밤이 찾아왔다.

"세미 아빠가 범인이 아니라며?"

"그렇다네. 아까 들었는데 갑작스런 파도가 날짱 일어나면서 셋이 빠진 것 같다는데?"

"왜 하필 그때? 결국 귀신 짓이라는 거야?"

"나도 몰라. 어촌계장님이 어젯밤에 그 자리에 가봤는데 진짜 귀신이 있는 것 같다고 그러더라고. 사람이 아주 반쪽이 되어서 왔던걸?"

아줌마들이 숙덕거리기 시작했다.

징징! 쿵더쿵!

"저런다고 시신이 나온대?"

"아유, 나는 무서워 죽겠어."

지켜보는 아줌마들이 고개를 저었다.

그사이에 굿판은 절정을 향해 치달았다. 무당의 이마는 땀범벅이었다. 그녀는 바다를 쏘아본 후 다시 시원한 목청으로 호령을 했다.

그때였다.

랜턴으로 먼 바다를 비춰보던 키 작은 여자아이, 즉 김대훈의 딸이 버럭 소리를 질렀다.

"저기 뭐가 떴어요!"

어촌계장과 함께 대기 중이던 배들이 쏜살처럼 물살을 가르고 나갔다. 이어 고함 소리가 들려왔다.

"시신이 나왔습니다요!"

그 말이 신호였다. 옆에 따라붙었던 다른 배에서도 함성이 이어졌다.

"여기도 한 구 있습니다!"

"검사님!"

지켜보던 차도형이 승우를 바라보았다.

"아직 한 구 남았어."

승우는 뒤를 돌아보았다. 저만치 발치에서 숨을 죽이고 있는 사람이 보였다. 장율과 세미였다. 세미의 품에는 눈 먼 고양이가 안겨 있다. 고양이는 눈 먼 얼굴로 바다를 보고 있었다. 자기를 돌보는 은인… 그 은인과 바람을 함께하며.

승우는 다시 바다를 집중했다. 아직 한 구가 남아 있었다.

"우리 아빠는요? 우리 아빠는 어디 있어요?"

두 시신을 확인한 키 작은 소녀가 울음을 터뜨렸다. 옆에서 소녀의 엄마가 통곡하는 소리도 들렸다.

쏴아아!

이제 굿판은 끝났다. 사람들은 밀려오는 파도를 뚫어져라 바라보았다. 두 구의 시신이 나왔다. 하지만 한 구는 보이지 않았다.

'머구리 복장이라…….'

승우는 그게 마음에 걸렸다. 전통 머구리들은 무거운 모자

를 쓰고 납을 허리에 찬다. 어쩌면 영원히 나오지 못할 수도
있었다.

"우아앙! 아빠!"

키 작은 소녀가 바닷물에 드러누웠다. 순간, 아빠 곁을 떠
난 세미가 소녀 곁으로 다가갔다. 하지만 손을 내밀지는 못했
다. 그저 바라볼 뿐… 그저 마음으로 기원할 뿐……

순간, 허망한 마음에 어구를 걷어차던 어부 하나가 바다를
보며 눈살을 찡그렸다.

"어이, 누구 눈 좋은 사람… 저것 좀 봐. 저게 뭐야?"

어부의 손이 시커먼 물체를 가리켰다. 날렵한 남자아이들
둘이 물체를 향해 달려 나갔다.

"사람이에요, 사람!"

아이들이 손을 흔들자, 해변에서 함성이 솟아올랐다.

"와아아!"

돌아보니 장율이 전율하는 게 보였다. 그의 손은 미친 듯이
나무 칼집을 쓰다듬고 있었다. 입술 또한 쉴 새 없이 뭔가를
중얼거린다.

칼집 부적은 그를 두 번 살렸다.

한 번은 바다의 영기로부터. 또 한 번은 살인자의 누명으로
부터.

승우는 그에게 다가가 등을 토닥여 주었다.

누명!

그 이름은 아주 무겁다.

살인 누명!

그건 숨통을 정통으로 눌린 것만큼이나 무겁다. 그걸 신묘한 부적이 막아준 셈이었다.

"과장님!"

승우가 형사과장을 돌아보았다. 따로 부탁한 것이 있었다.

"여러분, 경찰서 형사과장입니다!"

마이크를 받아 든 과장이 방파제 위로 올라섰다.

"시신은 일단 저희가 먼저 검사를 하겠습니다. 그리고 자세한 사항은 그 후에 따로 발표를 하겠지만……."

과장은 좌중을 돌아본 후에 뒷말을 이었다.

"지금까지의 조사결과 장율 씨는 범인이 아닌 것으로 드러났음을 밝혀둡니다."

공개 천명!

그건 장율과 장세미를 위한 승우의 주문이었다. 어차피 부검을 하면 사인이 나올 일이었다. 장율이 살인에 관연하지 않았음이 증명될 일이었다.

하지만 그건 경찰의 입장이었다. 동네사람들에게는 이런 자리에서의 천명이 더 효과적일 수 있었다.

"검사님!"

세미가 승우에게 달려왔다.

"이제 됐지?"

"네… 고맙습니다. 고맙습니다, 검사님. 우리 아빠를 믿어주셔서… 제 말을 믿어주셔서……."

세미는 거푸 인사를 해왔다.

야옹!

고양이도 눈 없이 웃었다.

"장세미!"

"네?"

"난 처음부터 네 말을 믿었어. 네 착한 마음 말이야……."

얌!

승우는 생각했다. 어쩌면 징그러울 수도 있는 눈 없는 고양이. 그런 고양이를 챙기는 마음이 보통 일이던가?

승우는 세미의 머리를 쓰다듬으며 말을 이었다.

"앞으로도 그렇게 살렴. 꿋꿋하고 씩씩하게."

"고맙습니다. 검사님!"

세미가 씩씩하게 대답했다.

마을 사람들이 웅성거렸다. 그들의 시선이 장율을 향했다. 하지만 전처럼 맵고 야박한 눈은 아니었다. 몇몇 사람은 장율에게 다가와 어깨도 두드려 주었다. 그 손에는 따뜻한 온기가 배었다.

이어 김대훈의 딸도, 세미 앞에 다가와 한숨을 쉬며 지나갔다. 그녀식의 화해인 모양이었다. 길고 긴 오해가 차곡차곡 녹아내리는 순간이었다.

디로로로롱!

그때 차도형의 전화가 요란하게 울었다.

"아, 자기야?"

차도형은 돌아서서 전화를 받았다.

"사모님이 뭐라서?"

통화가 끝나자 승우가 물었다. 그러자 차도형, 울상을 지으며 대답했다.

"아, 올라가면 저 죽었습니다. 오늘 하루 더 연장이라니까 집에 올 생각 말고 아예 여기 눌러 살라는데요?"

"오, 그럼 이쪽 지청으로 옮기게 손 좀 써줄까?"

"검사님!"

차도형의 고함과 함께 밤이 깊어갔다.

『빠라끌리또』6권에 계속…

초대형 24시 만화방

신간 100%, 샤워실, 흡연실, 수면실(침대석), 커플석, 세탁기 완비

▪ 강북 노원역점 ▪

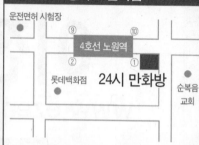

서울 노원구 상계동 340-6 노원역 1번 출구 앞 3층
02) 951-8324 (화용빌딩 3층)

▪ 일산 정발산역점 ▪

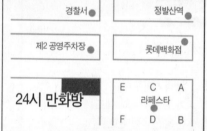

라페스타 E동 건너편 먹자골목 내 객잔건물 5층
031) 914-1957

▪ 일산 화정역점 ▪

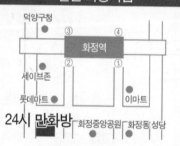

경기도 고양시 덕양구 화정동 984번지 서일빌딩 7층
031) 979-4874 (서일사우나 건물 7층)

▪ 부천 역곡역점 ▪

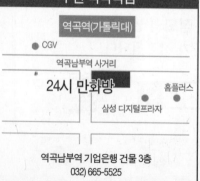

역곡남부역 기업은행 건물 3층
032) 665-5525

▪ 부평역점 ▪

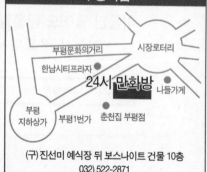

(구) 진선미 예식장 뒤 보스나이트 건물 10층
032) 522-2871

월야환담

채월야 · 홍정훈 장편 소설

현대 소환술사

THE MODERN SUMMONER

FUSION FANTASTIC STORY

현윤 퓨전 판타지 소설

하늘이 무너져도 솟아날 구멍은 있다!

드래곤의 실험으로 모진 고난을 겪어야 했던 레비로스!
우여곡절 끝에 소환술사가 되어 최강의 자리에 오르지만
운명은 그를 나락으로 떨어뜨린다.

『현대 소환술사』

다시 한 번 주어진 삶!
그러나 그마저도 암울하기 그지없는데……

소환술사 레비로스의
인생 역전이 시작된다!

Book Publishing CHUNGEORAM
유행이 아닌 자유추구
WWW.chungeoram.com

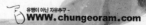

이계진입 리로디드

임경배 퓨전 판타지 소설

FUSION FANTASTIC STORY

『권왕전생』임경배의 2015년 신작!

『이계진입 리로디드』

왕의 심장이 불타 사라질 때,
현세의 운명을 초월한 존재가 이 땅에 강림하리라!

폭군으로부터 이세계를 구원한 지구인 소년 성시한.
부와 명예, 아름다운 연인…
해피엔딩으로 이야기는 끝인 줄 알았건만
그 대가는 지구로의 무참한 추방이었다.
그리고 10년 후…….

"내가 돌아왔다! 이 개자식들아!"

한 번 세상을 구한 영웅의 이계 '재' 진입 이야기!

Book Publishing CHUNGEORAM

유행이 아닌 자유추구 -
WWW.chungeoram.com

paráclito

빠라끌리또

FUSION FANTASTIC STORY

가프 장편 소설

막장 비리 검사가
최고의 검사로 거듭나기까지!
그에겐 비밀스러운 친구가 있었다.

『빠라끌리또』

운명의 동반자가 된 '빠라끌리또'가 던진 한마디.

－밍글라바(안녕하세요)!

그 한마디는 막장 비리 검사, 송승우의
모든 것을 통째로 리뉴얼시켜 버렸다.

빠라끌리또＝Helper, 협력자, 성령.

Book Publishing CHUNGEORAM

유행이 아닌 자유추구 —
WWW. chungeoram.com